Ce livre fait partie de la sélection 2010 du Prix du Meilleur Polar des lecteurs de Points.

Sous la présidence d'honneur de l'écrivain islandais Arnaldur Indridason, un jury composé de professionnels (libraires, journalistes, auteurs) et de lecteurs récompensera chaque année un roman policier, un roman noir ou un thriller de la collection.

Pour en savoir plus, découvrir la sélection, donner votre avis sur ce livre et partager des conseils de lecture, connectez-vous sur

www.meilleurpolar.com

Sara Gran est née à Brooklyn en 1971. *Dope* est son premier roman publié en France.

Viens plus près
Sonatine éditions, 2010

Sara Gran

DOPE

Traduit de l'anglais (États-Unis)
par Françoise Smith

Sonatine éditions

TEXTE INTÉGRAL

TITRE ORIGINAL
Dope
© Sara Gran, 2006

ISBN 978-2-7578-0953-2
(ISBN 978-2-35584-012-8, 1re publication)

© Sonatine, 2008, pour la traduction française

1

« Josephine. »

Maude a prononcé mon nom sans conviction, comme si j'étais morte ou qu'elle aurait aimé que je le sois. J'étais assise face à elle, à l'une des tables au fond du bar où la lumière du jour ne brillait jamais et où l'odeur de la bière éventée et des cigarettes flottait en permanence. Maude avait été la maîtresse d'un gangster dans les années trente et il lui avait acheté ce bar pour qu'elle ne soit pas démunie après sa disparition. Il était situé à l'angle de Broadway et de la Quatrième Ouest, et quand on y allait pour la première fois, on remarquait tout de suite qu'il n'y avait pas une femme dans le bar à part Maude. Et avec moi, ça faisait deux maintenant. Maude laissait les garçons traîner chez elle parce que c'était bon pour le commerce – ce n'est pas comme s'ils avaient l'embarras du choix – et bien sûr, ce qu'il y avait d'encore plus lucratif, c'était de garder leurs secrets.

« Salut Maude. » Elle m'a regardée comme si je parlais chinois. Du rouge à lèvres rose était étalé sur ses lèvres et elle était moulée dans une robe bustier en lamé deux tailles trop petites. Elle était blonde, les cheveux crêpés relevés sur le dessus de la tête.

J'ai sorti de mon sac une bague en or toute simple sertie d'un petit diamant. Une bague de fiançailles. Elle était belle. Je l'avais piquée la veille chez Tiffany's.

Je l'ai tendue à Maude. Elle l'a prise dans sa grosse main blanche avant de sortir une loupe de son sac et de l'inspecter à la lumière jaunâtre de l'ampoule pendue au mur. Elle a pris son temps. Ça m'était égal. Quelqu'un a mis une chanson dans le juke-box. Quelques gars se sont mis à danser ensemble mais le barman leur a hurlé d'arrêter. Ils ont laissé tomber et sont retournés s'asseoir. Si les flics entraient et les voyaient danser, on risquait tous de se faire embarquer.

Maude a inspecté la bague plusieurs fois avant de me regarder en disant :

« Cinquante.

– Je pourrais en tirer plus chez le prêteur sur gages », j'ai répondu.

Ce n'était pas tous les jours que j'allais chez Tiffany's et j'en voulais un bon prix. Je comptais manger pendant un mois grâce à cette bague.

« Te gêne pas. »

J'ai tendu la main pour récupérer la bague. Elle l'a tapotée sur la table en me regardant. C'était la même chose à chaque fois.

« Cent. »

J'ai laissé ma main là où elle était. Elle a regardé la bague et l'a caressée délicatement. Du mascara noir a coulé autour de ses yeux quand elle a cillé.

« Cent cinquante », elle a dit après réflexion.

J'ai fait oui de la tête. Elle a sorti sept billets de vingt et un de dix de son petit porte-monnaie doré et les a roulés serré. Elle m'a tendu l'argent sous la table. Je l'ai compté avant de l'empocher.

« Merci, Maude. »

Elle n'a rien répondu. Quand je me suis levée pour sortir, elle m'a lancé :

« Hé, si tu vois Shelley, tu pourras lui dire qu'elle a pas intérêt à se pointer ici.

– Quel est le problème ? j'ai dit en me rasseyant.

– J'ai aucun problème. Avec toi, en tout cas. Mais Shelley, elle m'a apporté un bracelet en jurant qu'il y avait une véritable émeraude dessus. Plus tard, j'ai découvert que c'était du strass. Elle est plus la bienvenue ici.

– Elle a dû croire…

– Je me fous de ce qu'elle a dû croire. C'était du toc. Je me fous de savoir si c'est le roi du Siam en personne qui le lui a donné. Si tu la vois, dis-lui que je veux plus jamais la voir.

– D'accord, j'ai soupiré. Si je te rembourse, tu l'aideras la prochaine fois qu'elle sera dans la merde ? »

Maude a hoché la tête.

« Je ne suis pas rancunière, Josephine, tu le sais.

– Bon, j'ai dit, le cœur lourd. Ça t'a coûté combien ?

– Deux cents billets.

– Tu n'aurais jamais donné deux cents billets à qui que ce soit. Pas même au roi du Siam. »

Nous avons de nouveau négocié pendant un

moment. Finalement, nous sommes tombées d'accord : cent vingt-cinq billets couvriraient les frais et je lui ai rendu presque tout l'argent qu'elle venait de me donner. Je me suis levée et je suis sortie. D'ordinaire, je serais restée un peu pour jouer au billard – certains homos étaient doués et j'aimais bien entretenir mon jeu – mais j'avais rendez-vous en ville.

2

En sortant de chez Maude, j'ai été choquée par la vive lueur du soleil qui brillait dehors. Il était une heure de l'après-midi, le 14 mai 1950, à New York. Dans Broadway, j'ai hélé un taxi qui m'a déposée à Fulton Street, et puis j'ai marché un peu jusqu'au numéro 28. C'était un endroit étonnant, un immeuble haut et étroit, comme si quelqu'un avait coulé du béton entre les deux immeubles qui l'encadraient. La façade entière était recouverte de pierre blanche sculptée de visages, de nuages et d'étoiles et le toit formait une espèce de flèche, comme un clocher d'église. Un portier vêtu d'un élégant uniforme bleu à galons dorés m'a ouvert la porte en m'adressant un grand sourire. À l'intérieur, le sol en marbre était recouvert de tapis rouges d'une propreté impeccable et la foule allait et venait, un flot incessant d'hommes d'affaires pressés vêtus de costume et portant mallette qui devaient se rendre dans des endroits très importants. Au milieu du hall d'entrée, il y avait un grand comptoir de marbre depuis lequel un type séduisant vêtu du même uniforme que le portier aiguillait tous ces gens pressés. Mais moi, je savais déjà où j'allais.

Un liftier lui aussi vêtu d'un uniforme bleu m'a à son tour adressé un grand sourire et m'a conduite jusqu'au cinquième étage. Au cinquième, il y avait quatre portes à poignée de cuivre recouvertes de panneaux d'acajou et percées d'une vitre sablée sur laquelle on pouvait lire le nom de la compagnie peinte en lettres d'or à contour noir. *Jackson, Smith et Alexandre, avocats*, pouvait-on lire sur la première. *Beauclair, Johnson, White et Collins, avocats*, sur la deuxième. *Piedmont, Taskman, Thompson, Burroughs, Black et Jackson, cabinet d'avocats* sur la troisième.

Il n'y avait rien d'écrit sur la dernière. C'était celle que je cherchais.

Elle était ouverte et menait à une salle d'attente où une jolie brune avec un tailleur blanc et des lunettes à montures noires était assise à un bureau. Un magnifique tapis persan rouge recouvrait le sol et deux vilaines toiles, des paysages, étaient accrochées au mur. Trois volumineux fauteuils en cuir entouraient une table basse en bois sur laquelle des copies du magazine *Forbes* étaient mises à la disposition des clients.

La fille m'a souri. Je ne lui ai pas rendu son sourire. J'en avais assez de sourire.

« Je suis venue voir monsieur Nathaniel Nelson. Nous avons rendez-vous. Josephine Flannigan.

– Certainement, mademoiselle Flannigan. »

Elle s'est levée d'un bond pour franchir une porte située au fond de la pièce et m'a conduite jusqu'à un bureau de P-DG à peu près cinq fois plus spacieux que la chambre dans laquelle je logeais. Il était meublé d'un bureau encore plus grand et de meubles en cuir beaucoup plus nombreux ; un homme et une femme m'y attendaient. L'homme était assis derrière son bureau. Il devait avoir dans les quarante-cinq ans, les cheveux gris, de grands yeux marron. Il portait un costume gris foncé qui semblait fait sur mesure. Il avait les traits tirés mais sa mâchoire volontaire et son visage carré lui donnaient l'air pas commode, comme si le fait d'être patron depuis longtemps lui avait fait oublier qu'il ne maîtrisait pas grand-chose.

J'ai pris une profonde inspiration en humant l'odeur de l'argent.

La femme était assise à gauche du bureau. Elle devait avoir quarante ans et n'était pas terrible. Ceux qui aiment les femmes qui ne dégagent aucune personnalité auraient pu la trouver pas mal. Elle avait les cheveux blonds tirés en un chignon tout simple et impeccable qui lui dégageait le visage. Elle portait un tailleur noir qui ne montrait rien et ne semblait pas cacher grand-chose, et son visage trop maquillé avait l'air presque mort.

« Monsieur Nelson. Comment allez-vous ? Je suis Josephine Flannigan. »

Il s'est levé, s'est penché par-dessus la table pour me serrer la main. Il était plus grand que je l'avais imaginé, plus grand et plus large d'épaules.

« Comment allez-vous, mademoiselle Flannigan ? Je vous présente mon épouse, Maybelline Nelson. »

Elle s'est levée et nous avons échangé une poignée de main. La sienne était flasque.

La secrétaire est sortie du bureau en refermant la porte derrière elle et nous nous sommes tous assis. J'ai enlevé mes gants que j'ai posés sur mes genoux. Madame Nelson avait le regard fixé dans le vague trois mètres derrière moi, au-dessus de mon épaule gauche. Monsieur Nelson m'a regardée et a ouvert la bouche mais j'ai parlé la première. Je connaissais ce genre de types : si je lui laissais monopoliser la conversation, je n'aurais plus jamais droit à la parole.

« Alors, dites-moi, monsieur Nelson, qui vous a donné mon numéro de téléphone ?

– Nick Paganas. »

Comme je n'ai pas réagi, il a ajouté : « Je crois qu'il se fait appeler Nick le Grec. »

J'ai souri. Je connaissais au moins une douzaine de types qui se faisaient appeler Nick le Grec, mais ça n'aurait servi à rien de le lui avouer.

« Nick, oui, bien sûr. Comment le connaissez-vous ? »

Il a baissé les yeux en fronçant les sourcils. Et là, j'ai su comment il avait rencontré Nick le Grec. Mais il me l'a quand même expliqué.

« Monsieur Paganas m'a volé pas mal d'argent, mademoiselle Flannigan.

– Il vous a vendu des actions ? »

Monsieur Nelson a secoué la tête.

« Des biens immobiliers. Il m'a vendu vingt hectares de terre en Floride. J'ai fini par me rendre compte que j'avais acheté un bon bout d'océan Atlantique.

– Bien sûr, j'ai répondu en m'efforçant de garder mon sérieux. C'est un professionnel, monsieur Nelson. Il a berné beaucoup de gens très haut placés – vous seriez surpris si je vous disais qui. »

Je ne savais pas exactement de qui nous étions en train de parler, mais je n'étais certainement pas loin de la vérité. « Ce que je veux dire, c'est que vous faites partie d'un club très fermé. »

Madame Nelson avait le regard fixe, rivé sur l'espèce de fantôme qui l'obnubilait.

« Merci, mademoiselle Flannigan, c'est très gentil à vous. De toute façon, je m'en suis heureusement rendu compte avant que monsieur Paganas ne quitte la ville et j'ai réussi à rentrer dans mes frais. Et autre chose. J'ai dit à monsieur Paganas que je ne le dénoncerais pas à la police à une seule condition : qu'il m'aide à retrouver ma fille.

– Et il vous a recommandé de me contacter ?

– Oui, exactement. Il a dit que vous aviez arrêté la drogue, que vous étiez honnête et que nous pouvions vous faire confiance. Il a dit que vous sauriez... enfin, que le genre d'endroits où elle est susceptible de se trouver vous sont familiers. Voyez-vous... »

Il a observé une pause et lancé un coup d'œil à sa femme. Elle a arraché son regard du vide pour le regarder. Il s'est tourné de nouveau vers moi. « Ma fille se drogue, mademoiselle Flannigan. Ma fille est... *une camée*. »

Je me suis retenue de rire. Je lisais les journaux : de nos jours, aux quatre coins de l'Amérique, tous les parents prenaient leurs enfants pour des camés. En gros, d'après ce que j'avais compris, les gosses fumaient un peu d'herbe et séchaient l'école de temps en temps. Et les romans de gare étaient remplis d'histoires de gamins qui commençaient par avaler un comprimé de benzédrine, finissaient accros à l'héroïne et massacraient une dizaine de voisins à mains nues. Des enfants de bonne famille qui se laissaient convaincre par des dealers maléfiques. Sur la couverture de ces romans, les dealers portaient toujours la moustache.

Je n'avais jamais rencontré de drogué issu d'une famille unie. J'avais rencontré des drogués qui venaient de familles riches et vivaient dans de belles maisons. Mais aucun issu de familles unies. Et je n'avais jamais rencontré de dealer moustachu.

« Parlez-moi de votre fille.

— Nadine, a soupiré Nelson. Il y a environ un an…

— Quel âge a-t-elle aujourd'hui ?

— Dix-huit ans.

— Dix-neuf », a corrigé la mère.

Elle a articulé lentement, comme si elle venait à peine de se rendre compte de ce qui était en train de se passer dans ce bureau.

« Oui, dix-neuf. Il y a environ un an…

— Ça a commencé il y a plus longtemps que ça, l'a interrompu madame Nelson en me regardant en face pour la première fois. Elle s'est mise à aller en ville le week-end avec ses amies.

— Où habitez-vous ?

— À Westchester.

16

– Ah.

– Elle sortait tous les week-ends. Elle refusait de se rendre au club et de fréquenter ses vieux amis. Ce n'était pas très grave. Elle était en terminale.

– Sauf qu'elle s'est mise à rentrer à la maison dans des états... nous la croyions ivre, a poursuivi monsieur Nelson.

– Aujourd'hui, bien sûr, nous n'en sommes plus si sûrs, a repris madame Nelson.

– Elle s'est mise à rentrer de plus en plus tard. Ivre ou peu importe comment on qualifie cet état-là.

– Cela semblait normal, a souligné madame Nelson. C'était une jeune fille qui avait envie de s'amuser. Elle voulait passer du temps en ville.

– Elle souhaitait poursuivre ses études à Barnard College. Alors, elle y est entrée. Nous pensions... Vous vous doutez de ce que nous pensions. Qu'elle se lasserait de cette vie-là après avoir passé quelques années en ville. Qu'elle ferait les quatre cents coups avant de se marier ou même de se lancer dans une carrière, cela nous était égal pourvu qu'elle soit heureuse.

– Elle a toujours adoré dessiner, a remarqué madame Nelson. Je pensais qu'elle aimerait travailler dans la mode ou dans la publicité ou quelque chose du genre. Que cela pourrait l'amuser.

– Mais ça n'est pas arrivé ?

– Non, en effet. Nous avons reçu les plaintes de la surveillante de la résidence universitaire puis du doyen. Nadine rentrait tard, découchait, obtenait des résultats insuffisants.

– Même en arts plastiques, a souligné madame Nelson.

– Même en arts plastiques. Et puis, elle nous évitait. Nous la voyions rarement. Finalement, un soir, tout a basculé. La surveillante de la résidence a découvert quelque chose dans sa chambre : un kit d'injection.

– Pour *se piquer* », a tenu à préciser madame Nelson.

J'ai hoché la tête solennellement.

« Nous voulions l'emmener voir un médecin, mais elle a refusé. Il se trouve que le médecin n'aurait rien pu faire pour elle de toute façon… Enfin, je suis sûr que vous êtes au courant. »

J'ai de nouveau hoché la tête.

« Elle a promis d'arrêter toute seule. Mais elle ne l'a pas fait. Elle en était incapable. Ça a duré des mois. Finalement, ils ont été forcés de la renvoyer de l'école.

– C'est là qu'elle est partie, l'a interrompu madame Nelson. Le jour où elle a été renvoyée de la résidence universitaire. Nous sommes allés la chercher…

– Elle devait rentrer avec nous à la maison.

– Mais elle n'était pas là. Elle était partie la veille. Partie au beau milieu de la nuit, tout simplement.

– Depuis, nous n'avons aucune nouvelle.

– Ça fait combien de temps ? j'ai voulu savoir.

– Trois mois.

– Et vous commencez à peine les recherches ? »

Ils ont échangé un regard agacé.

« Nous la cherchons depuis un moment. Nous avons d'abord appelé la police…

– Ça n'intéressait pas les policiers. Ils nous ont répondu qu'ils allaient s'en occuper.

– On n'a plus jamais eu de nouvelles, a continué madame Nelson. C'était la police de New York. Bien sûr, tout le monde à Westchester était très inquiet sans avoir la possibilité d'agir. Nous avons cherché par nous-mêmes en parlant à ses camarades d'école pour essayer de découvrir où… où sont susceptibles d'aller ces gens-là. Mais ça n'a mené à rien.

– Alors nous avons engagé un détective privé, a dit madame Nelson en prenant une photo dans son sac à main. Il a découvert qu'elle vivait avec cet homme, un certain Jerry McFall, dans un petit trou à rats de la Onzième Rue. Mais quand il nous a communiqué cette information, ils étaient déjà partis. Il a perdu leur trace. »

Elle m'a tendu la photo d'un homme et d'une jeune fille sur la Onzième Rue, près de la Première Avenue. Il faisait beau. La fille regardait par terre. Elle avait les cheveux et les yeux clairs et des traits fins et symétriques qui n'attiraient pas l'attention. Elle était jolie, à condition de prendre le temps de la regarder. Et rien dans son apparence ne vous accrochait assez pour vous y contraindre. Elle avait les cheveux relevés en queue-de-cheval et portait un pull noir moulant avec une jupe noire et des chaussures blanches à talons hauts. Elle ressemblait à un mélange d'étudiante et de prostituée. Et elle n'avait pas l'air heureux.

L'homme non plus n'avait pas l'air heureux. Il portait un chapeau à large rebord et un costume en tweed sophistiqué. On aurait dit un maquereau. Il était mince avec un visage long et étroit. Je me suis dit qu'il devait être un peu plus jeune que moi, il devait avoir la trentaine à quelques années près. Il avait les yeux foncés et les cheveux probablement châtains. Il n'était pas beau. Pas vraiment laid non plus.

« De quelle couleur sont les yeux de votre fille ?

– Bleus, a répondu sa mère. Elle est blonde comme moi.

– Combien mesure-t-elle ?

– Un mètre soixante. »

Ce qui voulait dire que l'homme mesurait un peu moins d'un mètre quatre-vingts. On aurait dit qu'il avait envie de gifler la fille.

« C'est le détective privé qui a pris cette photo, a précisé madame Nelson.

– Nous l'avons renvoyé, a ajouté son mari. C'est tout ce qu'il a réussi à trouver. Je ne crois pas qu'il avait les contacts appropriés.

– Les contacts *dans le milieu*, m'a expliqué madame Nelson.

– Ce que nous voulons dire par là, c'est que nous avons besoin de quelqu'un qui sait ce qu'est un drogué, et plus particulièrement une droguée. Ce qui nous inquiète le plus c'est que Nadine n'a pas d'argent.

– Ce Nick le Grec a dit que vous sauriez dans quels coins se trouvent ces gens-là, comment ils gagnent de l'argent, où ils se procurent la drogue et

20

ce genre de chose. Voyez-vous, Nadine n'a pas du tout d'argent…

– Nous préférerions l'avoir à la maison, même droguée, pour pouvoir la garder à l'œil et savoir qu'elle ne court aucun danger.

– Nous vous pensons capable de la retrouver, a dit madame Nelson en me dévisageant. Nous aimerions l'avoir à la maison.

– Nous vous pensons capable de la retrouver, mademoiselle Flannigan, a renchéri monsieur Nelson. Si vous commencez vos recherches dès aujourd'hui, je vous donne immédiatement mille dollars en liquide. Et mille de plus si vous la trouvez. Mais cela devra inclure tous vos frais, essence, repas et tout ce dont vous aurez besoin – y compris vos frais de déplacement. »

Mille dollars. En liquide.

Je les ai regardés tour à tour. Ils avaient l'air inquiet, avide et plein d'espoir. Je savais qu'ils ne me disaient pas tout. Comme je l'ai déjà dit, je n'avais jamais rencontré de drogué qui venait d'une famille unie. Peut-être que madame Nelson picolait ou que monsieur Nelson entretenait une, cinq ou même dix poules. Peut-être qu'ils avaient trop donné la fessée à Nadine quand elle était petite, qu'ils n'avaient jamais arrêté de la lui donner, qu'ils lui menaient la vie dure à cause de ses notes ou qu'ils essayaient de lui faire épouser le fils des voisins. Peut-être que cette fille n'était pas droguée du tout mais trouvait simplement que Westchester était un trou ennuyeux où elle n'avait pas du tout envie de retourner.

Ça n'avait pas d'importance. Avec mille dollars d'entrée de jeu, peu importait que je la retrouve ou pas. J'aurais le temps de me demander quoi faire d'elle quand je l'aurais retrouvée, si je la retrouvais un jour.

Je m'apprêtais à sortir du bureau avec mille dollars en poche. Voilà ce qui comptait.

« Je vais être franche », j'ai commencé. Ils avaient déjà l'air prêts à me donner l'argent mais je me suis dit qu'une petite mise au point ne pouvait pas faire de mal.

« C'est la première fois que je fais ce genre de chose. Je ne suis pas sûre d'être qualifiée pour ce travail.

– Moi non plus je n'en suis pas sûr, a reconnu monsieur Nelson. Franchement, mademoiselle Flannigan, tout ce que je sais sur votre compte, c'est que vous vivez à New York, que vous… que vous travaillez dans la même branche que monsieur Paganas et qu'à une époque, vous vous droguiez. Mais à l'heure actuelle, vous êtes notre seul espoir. »

Si le fameux monsieur Paganas, qui que soit ce type, vendait des biens immobiliers à monsieur Nelson, on ne travaillait pas exactement dans le même secteur. Nous avions sans doute commencé par travailler dans la même branche il y a des années de ça mais tandis qu'il avait pris du galon et s'était lancé dans la vente de biens immobiliers à des gens comme monsieur Nelson, j'en étais réduite à piquer des bijoux et des portefeuilles. Je me suis dit qu'il avait dû leur parler de moi parce qu'il ne connaissait aucun autre drogué et qu'aucune de ses connaissances ne trouvait ce contrat assez juteux. J'ai pris une profonde inspiration et soupiré lentement en les regardant tour à tour comme si j'étais en pleine réflexion.

« D'accord, j'accepte. »

Ils ont eu l'air libéré d'un poids énorme. Je leur ai dit que les mille dollars leur donneraient droit à mes services pendant un mois. Passé ce délai, s'ils voulaient que je poursuive mes recherches, ils devraient cracher plus de fric. Je les appellerais tout de suite si je trouvais quelque chose et si je ne trouvais rien, je les appellerais en fin de semaine pour faire le point. Ils ont accepté. Monsieur Nelson m'a tendu une enveloppe contenant dix billets de cent dollars.

« Vous nous appellerez, alors ? a répété madame Nelson avant mon départ, le regard suppliant. Vous appellerez dès que vous trouverez quelque chose, n'est-ce pas ?

– Bien sûr. Vous pouvez me faire confiance. »

3

Je ne m'étais jamais rendue sur le campus de
Barnard College et après y avoir passé la matinée, je
n'avais aucune intention d'y remettre les pieds un
jour. Les bâtiments ressemblaient à des tribunaux et
le campus était situé tellement au nord de la ville
qu'on se serait cru à Boston. La seule fois où j'étais
venue dans le coin, c'était pour voir un type qui
vendait de la came dans une cafétéria de la Cent
Troisième Rue. Quand le métro s'était arrêté à cette
station ce jour-là, j'avais failli descendre par habitude.

J'avais consacré la majeure partie de mon après-
midi de la veille à obtenir un rendez-vous avec le
doyen. Nous étions à présent dans son bureau, dans
l'un de ces bâtiments qui ressemblaient à des tribunaux, un véritable capharnaüm de livres qui sentait
le renfermé. Le doyen était un homme d'âge mûr
vêtu d'un costume bon marché, un petit maigrichon
avec de petits yeux étroits et une poignée de main
molle. Vu la tête de ce type, difficile d'être à l'aise
à l'idée qu'il passe son temps en compagnie d'étu-
diants. Il se souvenait parfaitement de Nadine.

« Une jeune fille charmante, il a répété à plusieurs reprises. Absolument charmante.

– C'est ça. Je sais. J'ai vu sa photo. Alors, vous la connaissiez bien ?

– Pas bien, non. Je n'ai malheureusement pas l'opportunité d'établir une relation personnelle avec chaque étudiante. Mais bien évidemment, quand elle a commencé à avoir les problèmes que vous savez, on me l'a signalé et je lui ai parlé plusieurs fois.

– Ah, ouais ? De quoi vous avez parlé ? »

Je me sentais oppressée, j'avais envie de sortir de ce bureau. Par la fenêtre, je voyais le soleil briller dehors. Il commençait à y avoir de la verdure partout et les fleurs poussaient dans tous les coins. Les jeunes gens qui traversaient le campus avaient tous le sourire. Il m'était difficile d'imaginer la fille de la photo dans un tel cadre. Elle avait l'air d'avoir été faite dans un autre moule que les autres.

Il a pris une profonde inspiration et a soupiré lentement.

« Eh bien, de la nature de ses problèmes, naturellement. Voyez-vous, elle se droguait, ce que je lui ai déconseillé de faire. Je l'ai mise au courant du règlement de l'école concernant ce genre de chose.

– Je suis sûre que ça l'a beaucoup aidée. Mais est-ce que vous avez essayé de lui faire suivre une quelconque thérapie ? De la faire admettre dans un hôpital ou autre ? »

Aucun de ces traitements n'avait beaucoup d'effet, mais c'était un tout petit peu mieux que rien. Surtout pour une jeune fille pas encore trop accro comme Nadine.

Le doyen a fixé ses petits yeux sur moi.

« Mademoiselle Flannigan, nous sommes prêts à aider nos étudiantes à gérer un certain nombre de problèmes : mal du pays, crise de rébellion, difficultés à s'adapter au travail demandé à l'université, nous avons même une fille qui boit un peu trop de temps en temps. Mais franchement, Nadine est la première droguée que j'aie jamais rencontrée. Je ne suis pas en train de dire que je n'avais pas envie de l'aider. Loin de là. Mais ce problème spécifique dépasse simplement nos compétences. Il appartient à la famille et non à l'université de gérer ce genre de problème, il a ajouté avec fermeté, comme s'il essayait de s'en convaincre lui-même. De la drogue sur un campus universitaire, vous vous rendez compte ? il s'est écrié en levant les bras au ciel tout en s'efforçant d'avoir l'air bienveillant.

– Et celle qui a découvert la drogue dans sa chambre, la surveillante de la résidence ? Est-il possible de lui parler ? »

Mademoiselle Duncan, la surveillante de la résidence, pesait environ deux cents kilos et détestait les filles qu'elle était censée surveiller. La chambre qu'elle occupait dans la résidence universitaire était un peu plus spacieuse que les autres mais pas encore assez pour toute cette bidoche. Nous nous sommes assises ensemble sur son canapé pendant que mademoiselle Duncan me disait tout sur Nadine.

« Eh bien, je n'avais jamais été confrontée à ce genre de chose. » Elle portait une robe noire ample qui la moulait quand même et s'était dessiné des sourcils en arc de cercle qui lui donnaient l'air surpris. « Avant d'arriver ici, je veux dire. Mais ces filles… »

Elle a laissé sa voix traîner.

« Ah, les étudiantes, j'ai dit en souriant. Une chose est sûre, moi je ne l'ai jamais été.

– Moi non plus, m'a dit mademoiselle Duncan sur le ton de la confidence, comme si ça faisait le moindre doute. À quoi ça sert au juste ? Bon, si on fait quelque chose de son éducation, alors là, je veux bien. Si on en fait quelque chose de bien. Pour quelqu'un comme moi, par exemple, ça aurait été bien. J'aurais pu faire quelque chose. Mais ces filles-là… enfin, vous êtes au courant. Elles ne sont là que pour se trouver un bon mari. Ça ne va pas plus loin avec elles.

– Oh, je sais. »

Je ne voyais pas du tout de quoi elle voulait parler.

« Les parents de Nadine m'ont dit qu'elle s'intéressait aux arts plastiques. Est-ce qu'elle y consacrait beaucoup de temps ? »

Mademoiselle Duncan a roulé des yeux.

« Nadine était comme les autres. Les garçons, les fêtes, les vêtements : c'était tout ce qui l'intéressait.

– Est-ce que vous étiez au courant de sa situation avant de découvrir tout l'attirail dans sa chambre ?

– Oh, vous voulez dire la seringue et tout ça ? elle a dit après m'avoir regardée un moment. L'attirail. Non, je n'en avais aucune idée. Comme je vous l'ai dit tout à l'heure, j'ignorais tout de ce genre de chose avant d'arriver ici. Ces filles, elles ont fait mon éducation, je peux vous le dire.

– J'imagine. Vous connaissiez ses parents ?

– Ils venaient une fois par mois à peu près, a dit mademoiselle Duncan en hochant la tête. Ils sont de Westchester, ce n'est pas loin. Ils appartiennent à une famille… *très en vue*, vous voyez le genre. Le père est un avocat *très en vue* de Manhattan. Bien sûr, toutes les filles d'ici sont issues de ce genre de familles. Vous savez comment ça se passe, ils expédient la fille à Barnard pour qu'elle fasse les bonnes rencontres, et tout le tralala. »

Je lui ai demandé si je pouvais parler à la camarade de chambre de Nadine. J'ai dû pas mal insister mais elle s'est levée et m'a conduite jusqu'à une chambre au deuxième étage de la résidence où la fille vivait toujours seule. Mademoiselle Duncan a frappé une fois avant d'ouvrir la porte. C'était une petite chambre toute simple meublée de deux lits jumeaux, deux bureaux et deux commodes. La moitié de la pièce était manifestement vide : pas de drap au lit, rien sur le bureau, aucun bibelot sur la commode. Une jeune fille aux cheveux roux était assise à l'autre bureau, en train d'écrire dans un carnet. Elle portait une jupe à carreaux avec une blouse blanche et des derbys bicolores et avait le teint si pâle qu'elle se confondait presque avec la blouse.

Mademoiselle Duncan a fait les présentations avant d'expliquer que j'essayais de retrouver Nadine. La fille s'appelait Claudia. Elle a souri.

« Bien sûr, je ferai tout ce que je peux pour vous aider », elle s'est exclamée.

Vu sa façon de parler elle devait venir de la campagne. Je me suis assise sur le lit inoccupé et j'ai dévisagé mademoiselle Duncan jusqu'à ce qu'elle se sente obligée de nous laisser.

« Alors, tu devais plutôt bien connaître Nadine, non ? j'ai dit à Claudia une fois la surveillante partie. C'est une toute petite chambre.

– Nous n'étions pas tellement proches. Bon, c'est vrai qu'on vivait ensemble, mais Nadine était plutôt secrète.

– Elle était comment ?

– Un peu lunatique, a répondu Claudia en fronçant les sourcils. Secrète, comme je viens de le dire.

– Elle sortait beaucoup, non ? Elle avait des petits amis et allait danser ?

– Non, ce n'était pas du tout son genre. Elle aimait beaucoup rester dans sa chambre quand elle ne sortait pas avec ses amis. Elle n'était membre d'aucun club, n'allait pas aux matchs de football ni rien de tout ça.

– Qui étaient ses amis ?

– Je ne sais pas. Je sais que certains d'entre eux vivaient dans le Village à New York, mais je ne les connaissais pas. Je suppose qu'elle avait passé du temps là-bas avant la rentrée. Et puis, elle avait un petit ami régulier. Jerry quelque chose. Je crois que quand toute cette histoire est arrivée, elle passait le plus clair de son temps avec lui et ne voyait plus aucun de ses autres amis. Quand elle ne sortait pas avec lui, elle passait pas mal de temps à dessiner dans la chambre. Oh, regardez… » a dit Claudia en désignant une esquisse au-dessus de son bureau.

C'était son portrait. Je n'y connaissais rien en art mais ça ressemblait terriblement à Claudia. Plus qu'une photo. « C'est Nadine qui l'a dessiné. Elle m'en a fait cadeau. Pour être honnête, elle m'agaçait un peu. C'est vrai qu'elle n'était pas très gentille, vu qu'on partageait la même chambre et tout. Elle ne m'a jamais invitée à sortir avec elle, ne m'a jamais présentée à son copain. Et quand elle était là, elle restait au lit à dessiner. Nous n'avons jamais beaucoup parlé. Bien sûr, maintenant, je m'en veux tellement… »

Je l'ai regardée. Elle avait l'air de culpabiliser.

« Tu étais au courant pour la drogue ?

– Oh, non, a dit Claudia en fronçant les sourcils. Avant d'arriver ici, je n'avais jamais bu un verre ! Honnêtement, je n'aurais jamais cru… je veux dire, je ne savais même pas que ce genre de truc existait. Voilà ce qui s'est passé : un soir, elle n'est pas rentrée. Je me suis inquiétée alors j'en ai parlé à mademoiselle Duncan. Sur ce, elle est entrée et a commencé à fouiner un peu partout et dans le tiroir du haut du bureau de Nadine, il y avait tous ces trucs. Une aiguille et de la drogue et tout ça. Je ne savais même pas ce que c'était jusqu'à ce que mademoiselle Duncan me l'explique. Je croyais que Nadine était malade ou un truc comme ça, que c'était une espèce de médicament. Alors évidemment, ils ont eu un long tête-à-tête avec elle et ils ont appelé ses parents et tout. Mais ça n'a pas eu l'air de l'aider. Ça a empiré jusqu'à ce qu'elle s'absente de plus en plus et quand elle était là, eh bien, elle n'était pas très drôle. Et puis ils l'ont renvoyée et après ça, je ne l'ai plus jamais revue. Elle est partie en pleine nuit, la veille du jour où ses parents étaient censés venir la chercher.

– Tu ne l'as même pas vue partir ?

– Je ne me suis même pas réveillée », a dit Claudia en faisant non de la tête.

Claudia et moi nous sommes tues un moment. Je n'avais pas appris grand-chose.

« Je suppose que si elle était si lunatique, ce devait être à cause de la drogue, hein ? » a voulu savoir Claudia.

J'ai hoché la tête.

« Je suppose qu'une fois qu'on commence, c'est assez dur d'arrêter, n'est-ce pas ? elle a articulé lentement, comme si elle commençait à peine à comprendre.

– Oui, c'est ce que j'ai entendu dire. »

4

Ce soir-là, j'ai retrouvé Jim Cohen pour dîner Chez Lenny, un restaurant de fruits de mer de Little Italy. C'était le restaurant préféré de Jim et nous y mangions trois ou quatre fois par mois. J'aimais bien manger Chez Lenny mais je préférais aller Chez Lorenzo. Jim refusait de mettre les pieds dans ce restaurant-là ; il disait que le service était trop lent et les petits pains au levain trop durs.

Jim se montrait pointilleux comme ça à tous les sujets. C'était un tailleur juif d'Orchard Street qui lui coupait ses costumes et il n'en aurait jamais acheté un ailleurs ; quant à ses chapeaux, ils ne pouvaient venir que de chez Belton dans Delancey Street. Jim ne buvait que du whiskey de la marque Bushmills, ses mouchoirs devaient être repassés de façon à pouvoir être parfaitement pliés dans sa poche, ses chaussures devaient être achetées neuves chez Florsheim et cirées au moins une fois par jour. Cela dit, Jim avait les moyens d'être exigeant. Avant la guerre, il vendait de la came au kilo, mais à son retour du service, il n'y avait plus de came à vendre. Il a trafiqué à droite à gauche pendant un moment et puis il s'est mis à travailler régulièrement pour Chicago Gary. Gary vendait des tuyaux boursiers, faisait le bookmaker, vendait de l'immobilier en Floride et des parts dans des puits de pétrole : c'était un escroc à l'ancienne. Comme il vivait à Chicago, il travaillait pas mal à New York – les escrocs avaient passé un marché avec la police pour ne pas travailler là où ils habitaient. S'il était en ville et qu'il avait besoin d'un complice, de quelqu'un pour s'occuper du financement d'un coup ou d'un indic, il appelait Jim. C'était un bon boulot, mais pas à l'année. Quand Jim bossait avec Gary, il se faisait toujours assez de fric pour pouvoir tenir jusqu'au coup suivant – enfin, il aurait pu tenir s'il avait été malin, mais il ne l'était pas, surtout avec l'argent. Alors, entre les déplacements de Gary à New York, Jim trafiquait toujours à droite à gauche.

Lenny se trouvait devant l'entrée quand je suis arrivée. C'était un type assez sympa mais il était toujours en pétard à propos d'un truc ou d'un autre. Il bossait trop dur. Il avait six gosses et voulait qu'ils aillent tous à l'université. Jusque-là, aucun n'avait fini le lycée. Mais il lui en restait trois pour arriver à ses fins.

« Jim est arrivé ?

– Il est en cuisine, a répondu Lenny en désignant la porte du fond, l'air revêche. Fais-le sortir de là avant que les gars le tuent, s'il te plaît. »

Je lui ai dit que j'allais essayer. Effectivement, Jim était là, en train de se chamailler avec le cuisinier à propos d'une grosse marmite qui chauffait sur le feu. Les cuistots l'entouraient et l'observaient en silence.

« De l'origan ! criait Jim. Y a pas d'origan là-dedans ! » tout le monde le regardait goûter le contenu de la marmite. Et puis, il s'est renfrogné, sur le point de tout recracher. « Comment ça se fait, putain de merde, qu'un juif, un pauvre juif du Lower East Side doive venir apprendre à des Italiens à faire la cuisine ? »

C'est Vincent le chef cuisinier qui a perdu son sérieux le premier. Et puis, les autres gars ont éclaté de rire et très vite, ils sont tous devenus hystériques.

« Bon, d'où vous venez vraiment, les gars, hein ? a hurlé Jim. Vincent, dis-moi tout… t'es un Polack, c'est sûr, pour faire une merde pareille en cuisine. » Vincent était plié en deux de rire. « Et toi, il a dit à l'un des chefs de partie, tu dois être irlandais, tu… »

Il aurait continué toute la nuit mais il m'a vue debout près de la porte. « Hé, il a dit en posant sa cuillère. Messieurs, faites attention à ce que vous dites maintenant. Il y a une dame parmi nous. »

Évidemment, tout le monde a éclaté de rire parce que personne n'avait dit un mot à part Jim. Il a serré la main aux cuistots et m'a suivie jusqu'à une table près de la devanture du restaurant où un plat nous attendait déjà. Tout le monde adorait Jim chez Lenny. C'était leur client préféré.

Jim nous a servi des palourdes et des aubergines en me demandant comment s'était passé le rendez-vous avec les Nelson. Je lui ai tout raconté.

« Ça a l'air intéressant, il a remarqué en hochant la tête. Comment ils ont eu l'idée de te contacter ?

– Ils ont dit que Nick le Grec avait tout arrangé. »

Il m'a demandé de quel Nick il s'agissait. Je lui ai répondu que je n'en savais rien et nous avons passé en revue tous les Nick le Grec que nous connaissions.

« Bref… Est-ce que tu les connais ? » je lui ai demandé en lui montrant la photo de McFall et Nadine.

Il a examiné la photo un moment avant de faire une grimace. « Pas la fille. Mais le type, ouais, je le connais. Jerry McQuelque chose, c'est ça ? »

J'ai fait oui de la tête.

« Ça doit faire cinq ans que je ne l'ai pas vu. » Depuis que Jim avait laissé tomber le trafic il n'approchait plus la drogue ni de ceux qui en vendaient. La plupart de ceux qui l'avaient connu avant ce changement pensaient que Jim avait pris la grosse tête. Il s'en fichait. Même s'il n'avait jamais été revendeur et se contentait de fourguer au kilo, ça lui avait toujours un peu retourné l'estomac. Il avait toujours détesté les camés et leurs revendeurs et avait été heureux de se laver les mains de tout ce trafic.

« Je lui ai vendu de la dope une fois, il a essayé de m'arnaquer pour le paiement. Je n'ai plus jamais eu affaire avec lui après ça. Et toi, tu le connais ?

– Ouais, je lui ai acheté de la came une fois. Un vrai salaud. Il n'y avait pas que le fric qui l'intéressait, si tu vois ce que je veux dire. » Jim a hoché la tête. « Une fois, mais pas deux. Je ne sais même pas pourquoi je m'en souviens encore. » Mais je savais pertinemment pourquoi. Parce qu'il s'était pas gêné et qu'après, ça m'avait rendue malade et je m'étais dit : *Là, c'est la dernière fois.* Ça n'avait pas été la dernière fois, bien sûr. Mais c'était un début. De tout ce que j'avais fait pour la dope, c'était ce dont je me souvenais le mieux, même si ça n'avait duré que quelques minutes. C'était peut-être la seule chose qui m'empêchait de replonger.

« Bref, je suis sûre que lui ne se souvient pas de moi. Et j'ignore où il est maintenant.

– Alors, tu vas chercher la fille ou simplement prendre le fric et passer à autre chose ? »

J'ai repensé à la fois où j'avais rencontré Jerry McFall. La fille était avec lui à présent.

« J'aurais mille de plus si je la retrouve. Ça vaut le coup d'essayer.

– Par où tu vas commencer ? »

Je lui ai dit ce que j'avais fait jusque-là, c'est-à-dire perdre mon temps à Barnard.

« Tu sais à qui tu devrais parler ? m'a demandé Jim au bout d'un moment. À ce vieux Paul. Le type qui vit dans le Bowery. Si la fille se came depuis un certain temps, elle a bien dû le croiser à un moment donné, non ? »

J'ai hoché la tête. Ce n'était pas une mauvaise idée.

« Oh, hé, avant que j'oublie : il y avait une jolie photo de Shelley dans le *Daily News* ce matin. Une publicité pour une bijouterie de la Cinquième Avenue.

– Merci. C'était une publicité pour un bracelet ?

– Ouais, tu l'as vue ? »

Le serveur a amené deux assiettes de linguine aux calamars et des petits pains au levain.

« Hé, ça me fait penser, j'ai dit en changeant de sujet. Tu as vu Mick récemment ? Mick du Bronx. J'ai entendu dire qu'il était sorti de Rikers.

– Ouais. Ça fait des mois qu'il est sorti maintenant, a dit Jim en souriant. En fait, je n'avais pas l'intention de t'en parler mais pas plus tard qu'hier, je lui ai acheté une robe pour toi. Elle vient direct de chez Bergdorf. Elle est de toute beauté. Tu vas l'adorer. »

On a continué à parler en finissant notre dîner, et puis on a bu un verre de vin cuit avant de partir. D'habitude, après le dîner, je rentrais avec Jim pour passer la nuit chez lui mais ce soir-là, j'étais fatiguée et j'avais envie de rentrer chez moi. Nous nous sommes dit bonne nuit devant le restaurant et j'ai marché un moment dans Little Italy avant de prendre un taxi. Il y avait quelques touristes qui se baladaient, qui sortaient des restaurants ou qui en cherchaient un. Des bandes d'adolescents passaient d'un pâté de maisons à l'autre pour voir quelles étaient les nouvelles aux différents coins de rue. Des gamins jouaient au base-ball dans la rue. « Ant'ny ! Ant'ny, tu rentres à la maison TOUT DE SUITE », a crié une femme par la fenêtre d'un appartement.

Dans Houston Street, je me suis arrêtée chez un marchand de journaux pour acheter le *Daily News*. Puis j'ai pris un taxi pour rentrer chez moi. Je vivais au Sweedmore, un hôtel réservé aux femmes à l'angle de la Vingt-Deuxième Rue et de la Seconde

Avenue. Ma chambre n'était pas plus grande qu'une boîte à chaussures, mais c'était un endroit sûr et propre. Lavinia, la vieille dame qui gérait l'hôtel, passait le plus clair de son temps à la réception à lancer des regards assassins aux filles qui vivaient chez elle et à chercher des raisons de les mettre à la porte. Elle était sympa. Elle faisait son travail. Elle m'a lancé un regard assassin quand je suis entrée. Je lui ai rendu la pareille et je suis montée dans ma chambre pour enlever l'affreux tailleur que j'avais mis pour le doyen et enfiler un pyjama d'homme.

Je me suis assise dans un vieux fauteuil ; j'en avais acheté une paire d'occasion pour meubler ma chambre. Le lit et la commode étaient fournis. J'avais acheté la petite table placée dans le coin pour pouvoir poser un réchaud et un percolateur et il y avait une table basse qu'une fille qui vivait au bout du couloir m'avait donnée quand elle avait déménagé. Par terre, il y avait un vieux phonographe et quelques soixante-dix-huit tours. La salle de bains que je partageais avec trois autres filles se trouvait au bout du couloir.

Quand j'avais loué ma chambre au Sweedmore, je venais d'arrêter la dope et je sortais de prison, je n'avais pas un rond. En début de soirée, après la fermeture des banques, j'avais donné un chèque de caution à Lavinia. Le chèque venait d'un chéquier que j'avais piqué dans le sac d'une dame dans le métro et je savais qu'elle ferait opposition dès qu'elle constaterait sa disparition. Alors j'avais passé le reste de la soirée dans le métro à soulager les usagers de leurs portefeuilles jusqu'à ce que j'aie assez d'argent pour payer le loyer, plus un peu de rab pour manger et m'acheter des vêtements. Ça devenait plus facile à mesure que la nuit avançait et que les gens commençaient à rentrer chez eux ivres après une soirée au club ou épuisés d'avoir travaillé de nuit. J'avais bossé jusqu'à huit heures le lendemain matin, heure à laquelle j'avais retrouvé Lavinia dans le hall de l'hôtel avant qu'elle passe à la banque. Ça lui avait été égal de déchirer le chèque en échange de la somme en liquide.

Je me suis installée dans le fauteuil en songeant à me servir un verre de bourbon, mais je ne l'ai pas fait. Un tas de gens décrochaient de la came pour se mettre à picoler, devenir accros à la coke ou aux cachets, et je faisais de mon mieux pour que ça n'arrive pas. Au lieu de ça, j'ai pris une boîte à cigares en bois posée sur la plus haute étagère du placard. Dedans, il y avait un peu d'herbe et un paquet de papier à cigarette. Je me suis roulé un joint que j'ai allumé. L'herbe ne me faisait pas peur. Impossible de devenir accro. L'herbe vous aidait simplement à dormir.

J'ai feuilleté le journal. En page cinq, il y avait la photo de Shelley, un gros plan de son visage et de ses épaules, mains croisées sous le menton. Elle portait une grosse paire de boucles d'oreilles, un collier et un bracelet assortis qui dégoulinaient de pierres précieuses. Du strass visiblement, mais c'était vraiment joli. Pas étonnant qu'ils l'aient laissée partir avec le bracelet.

Dans le tiroir du haut de la commode, j'ai attrapé un gros album photos noir, une paire de ciseaux, de la colle et je suis retournée m'asseoir avec. J'ai feuilleté l'album. Sur la première page, il y avait une photo de Shelley portant un short en satin et un petit haut à carreaux noué à la taille. C'était pour un magazine à sensation, son premier contrat de modèle. Elle était censée personnifier la victime de l'Étrangleur à la taie d'oreiller. Elle avait les cheveux plus foncés et était encore très mince à l'époque, on aurait dit une gamine. C'était il y a plus de dix ans. J'étais tellement fière d'elle quand la photo parut que j'avais piqué un porte-clés en argent massif pour elle chez Alexander.

Ensuite, il y avait une photo tirée d'*Authentiques aveux*. Elle portait une robe en coton et ouvrait grande la bouche pour crier. Je n'avais pas lu l'histoire qui accompagnait cette photo – celle d'une fille violée par son voisin je crois. Il y avait ensuite d'autres photos tirées de magazines, ses premières publicités et puis quelques programmes de spectacles dans lesquels elle avait joué. Elle n'avait pas eu de grands rôles, elle faisait juste les chœurs ou interprétait de petits rôles sans texte comme « La domestique » ou « Fille numéro deux ». Cela dit, ces pièces se jouaient quand même à Broadway.

Vers la fin, il y avait une publicité pour un cabaret de l'East Side. Don Holiday et sa magie de Noël. Shelley tenait le rôle d'un elfe. J'avais vu le spectacle et ensuite j'étais allée en coulisse. Shelley n'avait pu parler qu'une minute, cela dit, car Don Holiday l'attendait pour l'emmener dîner. Je ne l'avais pas revue depuis.

J'ai découpé la nouvelle photo que j'ai collée sur

la dernière page vierge. Ensuite, j'ai fumé un peu plus d'herbe et suis allée me coucher. On ne risquait peut-être pas de devenir accro au hasch, certes, mais parfois ça vous faisait faire des rêves fous. Cette nuit-là, j'ai rêvé que monsieur et madame Nelson couraient après Jerry McFall sur l'énorme tapis hors de prix dans le bureau de Fulton Street. Je les observais en me demandant quand je pourrais me joindre à eux pour réclamer mes mille dollars à Nelson.

5

Paul vivait dans un grand appartement du Bowery depuis la fin de la guerre, depuis qu'il était redevenu facile de se procurer de la dope. Pendant la guerre et les quelques années qui avaient suivi, la seule façon de s'en procurer, c'était les ordonnances : il fallait se trouver un toubib prêt à vous faire une ordonnance pour de la morphine ou n'importe quelle autre drogue et puis un pharmacien assez idiot ou assez pauvre pour vous délivrer la camelote. Mais depuis cette époque, la came inondait de nouveau les rues ; les affaires étaient bonnes et marchaient même de mieux en mieux au fil des jours. J'avais décidément choisi un drôle de moment pour décrocher. Drôle de moment pour me faire boucler, purger trente jours de détention dans la prison pour femmes et décrocher de but en blanc il y avait de cela deux ans. Pendant toutes les années de guerre et les années difficiles qui avaient suivi, j'avais passé mon temps à courir de docteurs en pharmacies et aujourd'hui, on pouvait acheter la came à pratiquement tous les coins de rues de Harlem et de Manhattan grâce à pas mal de contacts faciles.

Ce n'était pas la première fois que je décrochais. J'avais laissé tomber la came plusieurs fois déjà, parfois pendant des semaines ou des mois, une fois pendant près d'un an. Mais cette fois-ci, je m'y prenais autrement. En ne prenant pas de drogue par exemple. Ça semblait faciliter les choses. Et en évitant les contacts avec la drogue et les drogués. Ça aidait, ça aussi. Ce qui expliquait pourquoi je n'avais pas vu Paul depuis deux ans.

Le quartier du Bowery était désert, en faisant abstraction de la poignée d'ivrognes qui traînaient à droite à gauche et se disputaient pour savoir où ils se procureraient leur prochain coup à boire. Un homme et une femme blottis l'un contre l'autre dans l'entrée de l'immeuble de Paul comptaient la monnaie pour s'acheter un litron. Ils m'ont lancé un regard plein d'espoir. J'ai secoué la tête avant même qu'ils n'ouvrent la bouche. Sur le trottoir d'en face, un homme vêtu d'un costume à rayures impeccable et coiffé d'un feutre gris surveillait l'immeuble de Paul. Probablement un mari ou un petit ami qui cherchait sa femme, qui attendait qu'elle sorte pour pouvoir la ramener à la maison. S'il était malin, il n'entrerait pas. Un vieux copain de fac de Paul travaillait au bureau du procureur et ils avaient passé un marché ensemble : il fermait les yeux sur tout ce qui se passait dans l'appartement du Bowery. Une fois dehors, en revanche, Paul devenait une proie facile. Alors il ne sortait pas beaucoup.

Le couple a quitté le hall à pas lents, en tremblant et en marmonnant, et je suis entrée. Le couloir était large et sombre et empestait l'urine. Je suis montée au troisième. Comme la porte de l'appartement était ouverte, je suis entrée. C'était un grand appartement en enfilade sans portes entre les pièces. L'endroit était calme et sentait le renfermé. On entrait par la cuisine, où il ne restait que les éléments encastrés. Si quelqu'un avait réussi à arracher l'évier et à le vendre pour se payer de la came, il ne serait plus là non plus. En l'état actuel des choses, le Frigidaire, la table, les chaises, la vaisselle et tout le reste avaient disparu.

J'avais moi-même passé quelques jours chez Paul, à moins que ce ne soit quelques semaines. Ou quelques mois. Après m'être séparée de mon mari, j'avais prévu de me ranger, mais ça ne s'était pas passé comme ça, pas dans un premier temps. Paul n'était pas très exigeant tant qu'on faisait un effort pour avoir l'air potable et qu'on se tenait à sa disposition sans protester. Vos copines, si vous en aviez, étaient toujours les bienvenues ; cela dit, à l'époque, il ne m'en restait aucune. Paul a commencé à m'agacer au bout d'un moment et je suis partie avec un type que j'avais rencontré chez lui, Steve, un copain à lui. J'aurais mieux fait de rester avec Paul.

J'ai traversé la cuisine pour passer dans la pièce adjacente. Deux filles étaient assises par terre dans un coin, dans les vapes. Les yeux fermés, avachies, elles étaient appuyées l'une contre l'autre comme des poupées de chiffon. À part ça, la pièce était vide. Je me suis approchée des filles et me suis accroupie près d'elles. L'une d'elles, une blonde, m'a entendue approcher et s'est vraiment fait violence pour ouvrir les yeux et lever la tête. Elle était jolie, jeune et mince, et portait une jolie robe, marron comme ses chaussures en croco. Quand elle m'a vue, elle a donné un coup de coude à sa copine et a essayé de la faire lever. Sa copine avait l'air un peu moins élégante et pas aussi jolie. Elle portait une jupe noire ajustée, relevée au-dessus des genoux, un pull rose moulant et les cheveux relevés haut sur la tête.

« Où est Paul ? » j'ai demandé à la blonde. Elle a essayé de sourire, mais n'a réussi qu'à faire une grimace. « Paul, j'ai répété. Où est Paul ? » Elle a fait un geste qui tenait un peu du haussement d'épaules, le sourire de travers figé sur son visage.

Je me suis levée pour gagner la pièce voisine. Elle était plus petite que la précédente et tout aussi vide. La porte de la salle de bains était toujours là. Elle était ouverte et à travers l'entrebâillement, j'ai vu un type qui devait avoir mon âge et portait un costume marron en loques. Il était en train de nettoyer une seringue et une aiguille dans le lavabo. Quand il m'a vue le regarder, il s'est mis en colère et a claqué la porte.

J'ai continué jusqu'à la dernière pièce. Paul était assis par terre avec une autre jeune fille, encore une blonde. Il lui enlevait une aiguille du bras quand il m'a entendue arriver et il a fini ce qu'il était en train de faire avant de me regarder. La fille a regardé autour d'elle pendant un moment sans rien dire et puis elle a tourné la tête vers la fenêtre. Elle pensait peut-être que si elle faisait semblant de ne pas me voir, je ne la verrais pas non plus.

Paul m'a souri. « Joey. Ça fait plaisir de te revoir. » Il avait une voix rauque de vieil homme.

« Merci. Comment tu vas, Paul ?

– J'ai pas à me plaindre. »

Il s'est levé, on aurait dit un grand squelette dans sa chemise de chez Brooks Brothers et ses pantalons sur mesure. L'argent de la famille de Paul au Kansas, dans le Missouri ou ce genre de coin, payait l'appartement, les vêtements de marque et la drogue pour lui et un flot continu de filles.

« Assieds-toi, Joey, je vais te préparer un shoot. » J'ai baissé les yeux par terre. À côté de la fille, j'ai vu un tas de poudre brune sur un bout de papier. Il était à peu près aussi large qu'une pièce de cinquante cents et à peu près aussi épais.

On dit qu'une fois qu'on s'est drogué, la composition chimique de votre corps n'est plus jamais la même. Toutes vos cellules sont tellement habituées à la drogue qu'elles ne s'en remettent jamais vraiment. Elles auront toujours une folle envie de dope. Je n'avais jamais cru à cette théorie jusqu'à maintenant. Parce que même si ça faisait deux ans que j'avais arrêté, et que je savais que mon organisme en était complètement débarrassé, quand j'ai pénétré dans cette pièce, c'était comme si je n'en étais jamais sortie. J'avais la bouche aussi sèche que si je venais d'avaler du coton et mon nez s'est mis à couler. J'ai tendu la main pour me gratter la jambe, soudain prise d'une démangeaison démente.

Je n'avais pas du tout envie de dope. Ce n'était pas ça. C'était juste mes fichues cellules. Elles ne renonçaient pas. Elles croyaient toujours en avoir besoin.

Mais si mes cellules voulaient de la came, elles

allaient pouvoir attendre toute la journée. Elles n'étaient pas prêtes d'en avoir. J'avais appris à les ignorer. Je ne serais pas allée jusqu'à dire que c'était facile, mais ça le devenait un peu plus chaque jour.

« Non merci, j'ai dit à Paul après un silence. Ce n'est pas pour ça que je suis là. » J'ai sorti la photo de Nadine Nelson et Jerry McFall.

« Tu as déjà vu cette fille ?

– Bien sûr, je la connais, a répondu Paul en souriant après avoir regardé la photo. Betty, c'est ça ? »

J'ai dit non de la tête. Il a froncé les sourcils.

« Pourtant, je suis sûr de la connaître. Elle est passée ici. Demande à Nell… elle est dans l'entrée avec Jenny. Nell l'a amenée ici, j'en suis certain. Et le mec à côté d'elle, tu le connais, non ?

– Non. C'est qui ?

– Jerry quelque chose. »

Il a grimacé comme s'il avait mangé un aliment avarié.

« Tu le connais pas ? Il a toujours traîné dans les parages.

– Qu'est-ce que tu peux m'en dire ?

– J'en sais rien, a répondu Paul avec un haussement d'épaules. Je ne le connais pas vraiment. J'ai toujours trouvé ce mec louche, c'est tout. »

C'était l'hôpital qui se moquait de la charité. J'ai demandé à Paul s'il l'avait vu récemment et il m'a dit que non, pas depuis quelques mois.

La fille qu'il venait de piquer a rampé à quatre pattes vers un coin, près de la fenêtre par où les rayons du soleil entraient et inondaient la pièce. Une fois au soleil, elle s'est recroquevillée par terre et s'est assoupie. J'ai remercié Paul et suis retournée voir les deux filles dans l'entrée. Elles étaient dans la même position que tout à l'heure, mais avaient les yeux ouverts. Je me suis accroupie devant elles.

« Salut, je suis une amie de Paul.

– Mmmmm, a gémi la brune. Uh-huh. »

La blonde regardait par terre.

Je leur ai montré la photo. « Il faut que je retrouve cette fille. Vous la connaissez ? Paul a dit que l'une de vous l'avait amenée ici. »

Lentement, la fille aux cheveux noirs s'est concentrée sur la photo.

« Hé, je crois que je connais cette fille.

– Bien. Tu sais où elle est ?

– Non, vraiment, s'est écriée la fille. Je crois que je la connais. Vraiment. C'est une amie de Jenny.

– Génial. Comment est-ce que Jenny la connaît ?

– Je sais pas. »

Elle a donné un coup de coude à sa copine. « Hé, Jenny, regarde. C'est qui, cette fille ? »

Jenny a lentement levé la tête pour regarder la photo. « Regarde, elle a dit. C'est Jerry avec cette fille. C'est quoi son nom ? » Sa tête est retombée et ses yeux se sont refermés.

« Tu le connais ? Hé ? » J'ai tendu la main pour la prendre par le menton. « Hé, réveille-toi. Tu le connais ? »

Jenny a ouvert les yeux et éclaté de rire. « Bien sûr que je le connais. C'est qui à ton avis qui m'a fait commencer cette merde ? Il m'a dit que grâce à lui, j'allais faire des photos… »

Ses yeux se refermaient de nouveau. Je lui ai

secoué l'épaule pour la réveiller. « Et la fille, tu la connais ? Regarde. » Je lui ai remis la photo sous le nez.

« Cette fille-là, tu la connais ?

– Je crois que je travaillais avec elle avant. »

Ses yeux se sont refermés et sa tête a roulé en arrière. Elle s'est retournée pour se pelotonner contre son amie – je suppose que c'était elle, Nell. Elle a gardé les yeux ouverts mais ils étaient vides. « Allez, je lui ai dit. Tu sais où travaille ta copine ? »

Elle s'est mise à rire. « C'est une call-girl, madame. Elle travaille partout. »

Sa remarque a réveillé Jenny.

« J'ai rien d'une call-girl, elle a maugréé. Je suis danseuse.

– Ah, oui ? Où est-ce que tu danses ?

– Je ne suis pas une pute, je suis danseuse. Enfin, je l'étais, mais ces salauds m'ont virée à cause de…

– Allez, j'ai dit. Où est-ce que tu dansais ?

– Chez Rose. C'est un endroit bien. J'étais danseuse Chez Rose. »

En sortant, j'ai vu un homme et une femme en train de discuter à voix basse dans le couloir du rez-de-chaussée. Ils étaient tous les deux très maigres. L'homme portait un vieux costume sans chapeau ni cravate et la femme une robe noire qui avait dû connaître ses meilleurs jours dix ans plus tôt. Ils complotaient sans doute pour arnaquer Paul. Les gens essayaient toujours d'arnaquer Paul. Ça ne marchait jamais parce que personne n'avait jamais réussi à deviner où il planquait sa came. Quelque part dans ce grand appartement vide certainement, mais jamais personne n'avait réussi à savoir où exactement. Ça pouvait vous rendre dingue. Ça m'a rendue dingue jusqu'au jour où j'ai fini par trouver : dans un bocal en verre sous le plancher de la salle de bains.

Le couple m'a entendue descendre l'escalier. L'homme a donné un coup de coude à la femme et ils se sont tus. J'étais sur le point de leur dire de ne pas s'inquiéter, que je n'allais pas les dénoncer quand la femme a levé la tête pour me regarder et que j'ai compris qui c'était. Il lui a fallu une minute pour me reconnaître et quand elle m'a reconnue, elle m'a fusillée du regard.

Je suis arrivée en bas des marches et je les ai rejoints.

« Josephine Flannigan, s'est écriée la femme, d'un ton aussi mauvais que son regard. Qu'est-ce que tu fous ici ? Si j'apprends que tu…

– T'inquiète, Cora, j'ai répondu avec un sourire. Je ne fais que passer.

– Tu es passée voir Paul ? a ironisé Cora. Pour sa conversation ? Te fiche pas de moi, Joe.

– Je te jure, Cora. Monte le lui demander si tu veux.

– Oh, c'est exactement ce que je vais faire. Tu peux en être sûre. Je vais demander à tous les dealers de la ville ce que tu deviens. Et si je découvre que tu es de nouveau accro, j'appelle les flics moi-même et je te refais enfermer.

– Allez. Regarde-moi bien. Je suis clean et depuis un moment. Et tu as quelque chose à dire, toi, madame. »

Elle m'a toisée, a vu que j'étais bien en chair, que mes cheveux étaient propres – que je ne lui ressemblais pas du tout – et a décidé que je disais la vérité. « D'accord, elle a dit après réflexion, d'une voix plus calme. Alors, viens par ici faire un bisou à ta vieille Cora. »

J'ai fait ce qu'elle a dit. Le type qui l'accompagnait nous a ignorées toutes les deux. « Bon sang, j'ai dit, si toi, tu es vieille, qu'est-ce que ça fait de moi ? »

Cora a souri pour la première fois. « Une antiquité, elle a répondu en éclatant de rire. De toute façon, ne parlons pas de moi. Je suis un cas désespéré. Je suis un cas désespéré et tu le sais pertinemment. »

Elle avait raison, alors je n'ai pas abordé le sujet. « Tu as enfin trouvé où Paul garde sa came ? »

Cora a tapé du pied et l'homme a craché par terre.

« Foutre non, a répondu Cora. Joey, tu dois bien avoir une idée. Allez.

– Pas de meilleure idée que toi.

– Bon sang, s'est écriée Cora en tapant de nouveau du pied. Au fait, je te présente Hank. Hank, voici Joe. J'ai rencontré Joe quand j'étais jeune et jolie. »

J'ai ri mais pas Cora parce qu'elle ne plaisantait pas. Elle avait mon âge, trente-six ans, plus ou moins quelques années mais elle n'avait pas vieilli gracieusement. Elle était trop maigre, avec des yeux enfoncés et cernés. De profondes rides lui encadraient la bouche et lui barraient le front.

« Alors tu es la fameuse Josephine Flannigan ? a

dit Hank en me serrant la main. J'ai beaucoup entendu parler de toi. »

Je ne savais pas ce qu'il avait pu entendre alors je n'ai pas répondu.

« Bon, vu qu'on n'arrive à rien avec Paul, on ferait mieux de s'activer par ailleurs, a remarqué Cora. T'as pas une idée, Joe ? »

J'ai réfléchi un moment. « Chez Gimbel, c'est pas mal à cette heure-ci. Il n'y a que quelques employés en service l'après-midi, et ils n'ont pas inventé l'eau chaude. Si tu arrives là-bas sur le coup d'une heure, c'est assez facile… toutes les secrétaires font des courses, ce qui fait que les vendeuses sont occupées. Si tu arrives à approcher du comptoir à bijoux, tu peux t'en sortir plutôt bien. »

Hank et Cora se sont regardés en pesant le pour et le contre.

« Il y a à peine quelques semaines, j'ai piqué une jolie petite bague en or chez Gimbel, j'ai ajouté. En revanche, tu peux oublier Macy's tout de suite. Les toxicos ont trop abusé, ils sont malins là-bas maintenant. Ils ont un flic en civil dans chaque rayon. Je ne mets même pas les pieds dans ce magasin à moins d'être tirée à quatre épingles. »

Hank et Cora ont de nouveau échangé un regard en hochant la tête. Va pour chez Gimbel.

Après avoir décidé où se procurer l'argent, ils ont enchaîné sur le sujet du fournisseur.

« Frank en a, a dit Cora.

– Ouais, mais y a trop de sucre dans sa poudre. Ben en a de la bonne, allons le voir.

– Ben ? s'est indignée Cora. Je me fiche de la

qualité, je ne vais pas payer trois dollars pour une dose. Allons chez Jenny White.

– Jenny White ? s'est écrié Hank en levant les bras au ciel. Elle m'a bien eu la dernière fois.

– C'était pas sa faute ! Personne avait rien à cause de toute cette merde au Mexique. En plus, Mick m'a dit qu'elle avait de la M… »

Cette remarque a déclenché un débat animé pour savoir exactement quelle dose de M – morphine – équivalait à quelle dose d'héro. Bientôt, je le savais, il faudrait qu'ils comparent avec le Dilaudid et l'opium, même si personne n'en avait à vendre, histoire de bien clarifier les choses.

J'ai cessé d'écouter. Un camé pouvait parler de came à longueur de journée. C'était comme une conversation qui commençait au premier shoot et durait jusqu'au dernier. Tous les camés de New York, et probablement du monde, auraient pu se mêler à la conversation à n'importe quel moment. Ils abordaient mille et un sujets, mais au fond ils n'en abordaient qu'un seul : la came.

Et il y avait tant de choses à dire. N'importe quel drogué a plusieurs cordes à son arc : c'est un investisseur capable de vous dire s'il vaut mieux investir trois dollars dans trois doses de came archicoupée chez Mary ou deux seringues préremplies chez Joseph, doublé d'un politicien conscient de la façon dont la conjoncture en Europe et au Moyen-Orient affecte la distribution et le prix de la dope à New York, d'un avocat qui connaît sur le bout des doigts la législation sur les stupéfiants en vigueur dans chaque État et d'un psychiatre capable de vous

conseiller la meilleure façon d'obtenir d'un revendeur qu'il vous fasse une avance à crédit.

Mais avant tout, n'importe quel camé est un grand
scientifique. Tous les camés savent que les cellules
ne sont plus jamais les mêmes quand on commence,
bien sûr. Et ils savent tous que les drogués vivent
plus longtemps que la moyenne parce que la came
préserve vos cellules, les empêche de vieillir – ou
qu'ils vivraient plus vieux que les autres s'ils ne
mourraient pas d'overdose ou si leur foie ne les
lâchait pas ou ce genre de chose. À propos de foie
qui lâche, il est de notoriété publique que ce n'est
pas la drogue qui endommage le foie, c'est ce dont
on se sert pour la couper. La drogue pure ne ferait
aucun mal si c'était tout ce que l'on s'injectait. Mais
la drogue pure peut être dangereuse si on n'y est pas
habitué. Un drogué doit savoir exactement quelle
dose de tous les dérivés d'opium existants il peut
s'injecter au risque d'aller trop loin et de faire une
overdose.

J'essayais de ne pas écouter Hank et Cora. Je me
suis dit, voilà pourquoi j'ai arrêté. L'interminable
conversation sur la drogue, toujours la même, en
boucle. Aucun aspect touchant à la drogue ne pouvait échapper à une analyse minutieuse pendant plus
de vingt-quatre heures. Je ne le supportais plus.
Quelques minutes plus tôt, je mourais d'envie de me
faire un shoot. Et maintenant j'espérais plus que tout
ne plus jamais avoir à parler à un drogué de ma vie.
J'aimais bien Cora. Vraiment. J'aurais juste aimé
qu'elle soit capable de parler d'autre chose.

Nous nous sommes dit au revoir et je m'apprêtais

à partir quand Cora m'a attirée contre elle et m'a chuchoté à l'oreille :

« Tu me mentirais pas, hein, Joe ? Parce que je te jure que si tu as recommencé à te camer après tout ce que tu as traversé pour t'en sortir…

– Ouais, je te mentirais. Mais pas à ce sujet-là. »

Quand j'ai quitté Cora et Hank, j'ai traversé le Lower East Side pour aller déjeuner chez Katz dans Ludlow Street. Jim aurait approuvé. J'ai pris mon ticket et je me suis approchée du comptoir où le vieux Abe découpait un pastrami avec une lame de soixante centimètres qui m'aurait fichu une trouille bleue si n'importe qui d'autre l'avait eu entre les mains.

« Joey ! » s'est écrié Abe en souriant. Il était coiffé d'un calot blanc. « Joey, tu as l'air en forme. » Je savais ce qu'il voulait dire. Ce que tout le monde voulait dire en disant ça. Pas que j'avais une tenue élégante ni une jolie coiffure mais que j'avais l'air de ne plus me droguer. Ça faisait deux ans maintenant et ça me fatiguait un peu d'entendre ça, mais je suppose que je ne pouvais pas en vouloir aux gens d'avoir l'air surpris.

« Merci, Abe. Je me sens bien. Comment vont les gosses ?

– Très bien, a-t-il répondu en tranchant son pastrami. L'aîné est à la fac maintenant. Il va devenir médecin. »

C'est ça. Il disait que le gamin allait devenir docteur depuis qu'il était haut comme trois pommes. Il a posé mon sandwich sur le comptoir et nous avons continué à parler un peu. Il m'a dit que le plus jeune allait devenir avocat et que sa fille, la cadette, allait se marier avec un gentil banquier juif qu'elle avait rencontré à la synagogue. C'était un type sympa mais Abe était un peu déçu parce qu'il sortait de City College, pas d'une meilleure université.

« Tu sais ce que c'est, a dit Abe. Il est gentil. Mais tout le monde veut le meilleur pour ses enfants, non ? Alors je ne vois pas pourquoi elle n'a pas pu se dégoter un gars qui sort de Harvard. » Il a secoué la tête.

« Ou NYU au moins.

– C'est sûr.

– Hé, a dit Abe, tout à coup sérieux. Est-ce que je t'ai parlé de Saul ? Le vieux Saul de Ludlow Street ? »

J'ai fait non de la tête. J'étais sûre de connaître un Saul de quelque part mais…

« Bien sûr que si, a insisté Abe, tu connais Saul. Le vieux Saul de Ludlow Street. Tu vois, Saul, il était dans le business des fringues. Il vivait ici, dans Ludlow Street. Et puis, un jour, il prend sa retraite et part pour la Floride. Et là, tous les jours, il s'assied sur la plage pour lire les journaux antisémites. Tu vois le genre. Tout ce qu'ils racontent, c'est que les juifs sont en train de prendre le pouvoir dans le monde.

– C'est ça », j'ai répondu en me mettant à rire.

Il blaguait. « Une épicerie fine à la fois », j'ai dit en prenant une nouvelle bouchée de corned-beef.

Mais Abe a continué en gardant son sérieux. « Alors Saul lit les journaux tous les jours. Et puis sa femme Sadie finit par lui dire : "Saul, Saul, elle lui dit. Pourquoi tu lis cette merde ?" Et Saul sourit et répond : "Parce que ça me fait plaisir de voir à quel point on s'en sort bien. Tu vois, Sadie, ici dedans, ça dit que les juifs contrôlent les banques, possèdent la réserve mondiale de diamants, font marcher le gouvernement… Qu'est-ce qu'on pourrait demander de plus ?" »

J'ai tellement ri que j'ai failli en cracher mon corned-beef.

« Désolé », a dit Abe au client suivant. On parlait depuis trop longtemps. « Qu'est-ce que je vous sers ? »

Je me suis retournée et j'ai sursauté. Je le connaissais, celui qui faisait la queue derrière moi. Je n'arrivais pas à le situer mais j'étais sûre de l'avoir déjà vu. J'ai eu une drôle d'impression, comme quand Abe avait mentionné le nom du vieux Saul de Ludlow Street – j'étais censée savoir qui c'était, mais…

Et puis, j'ai réalisé : c'était le type qui attendait en face de chez Paul. J'imagine qu'il n'avait pas réussi à retrouver sa copine. Ça ne m'étonnait pas. Une fois qu'une fille avait passé un peu de temps chez Paul, c'était dur de l'en faire sortir.

6

Après le déjeuner, j'ai pris le métro jusqu'à Midtown et puis j'ai marché un peu jusqu'à la Cinquante-Troisième Rue, entre Broadway et la Sixième Avenue. Là, au milieu du pâté de maisons, il y avait une porte coincée entre un cinéma et un immeuble de bureaux sur laquelle on pouvait lire : « CHEZ ROSE – Bar grande classe – COCKTAILS – Taxi-girls – Juste en haut de l'escalier ! » La porte s'ouvrait sur un petit escalier étroit qui empestait l'alcool et la fumée de marijuana et de cigarette. L'escalier menait à une salle dix fois plus grande que ce à quoi on s'attendait – elle était bâtie au-dessus du cinéma voisin.

Chez Rose, les taxi-girls dansaient avec des clients pour deux sous ; pour une somme plus conséquente, elles vous collaient d'un peu plus près, même si tout le monde restait habillé et que Tony, le gérant, s'assurait qu'il n'y avait pas de mains baladeuses. C'était un boulot difficile de danser dans un bouge comme Chez Rose. Mais ça payait pas mal et c'était carrément mieux que d'être vendeuse chez Woolworth. Le club était situé assez près de Times Square pour attirer la clientèle touristique et assez près de la partie la plus chic de Midtown pour attirer les hommes d'affaires du coin.

Je travaillais là quand j'étais accro à la dope. C'était mon mari qui m'y avait fait rentrer. De l'argent facile, d'après lui. Il suffisait de porter une robe décolletée à manches longues pour cacher les traces de piqûres et les plaies aux bras et ils ne s'apercevraient de rien. Tu danses avec un type, tu passes un peu de temps avec lui et puis ce qui se passe après la fermeture du club, ça ne regarde que toi. Toi et ton mari. À part qu'au bout d'un moment, même avec les manches longues, ils s'aperçoivent de quelque chose. Et même les types qui viennent Chez Rose n'ont pas envie de traîner avec une droguée. Elle est peut-être bonne pour certaines choses, mais ils ne vont certainement pas la payer pour danser et faire la conversation.

L'endroit n'avait pas du tout changé. Tony était tout près de la caisse, comme toujours, assis sur un tabouret, penché sur une pile de papiers, l'air renfrogné. À gauche de la salle, il y avait une minuscule scène où un trio jouait *Blue Moon*. On aurait dit que tous les bouges du genre de Chez Rose jouaient *Blue Moon* en boucle. Les musiciens avaient l'air d'avoir du mal à garder les yeux ouverts. Il n'y avait pas grand-chose d'autre dans la salle : une dizaine de tables, un bar contre le mur du fond, de longs rideaux rouges qui bloquaient la lumière et une grande piste de danse. Les lumières étaient presque assez tamisées pour que les filles aient l'air joli et les clients beaux gosses. Presque assez.

Il y avait ce jour-là plus de filles que de clients et seuls trois couples se démenaient sur la piste. Les autres filles étaient au bar en train de boire des cocktails.

« Joey ! »

Tony s'est levé pour s'approcher de moi, le sourire aux lèvres.

« Joey ! Regarde-toi ! Tu es magnifique, Joe, vraiment magnifique.

– Merci, Tony. Comment ça va par ici ?

– Hé… »

Il avait une longue liste de doléances : les filles n'étaient pas belles, les clients radins et le prix de l'alcool grimpait.

« Alors, qu'est-ce qui t'amène ? il a fini par me demander. Tu cherches du boulot ?

– C'est ça, j'ai répondu en riant. J'aurais l'air de quoi avec ça sur le dos, à ton avis ? » D'un signe de tête, j'ai désigné une fille moulée dans une robe bleue qui n'était plus de mon âge depuis environ dix ans.

« D'une déesse », a répondu Tony.

Et quelque chose dans sa façon de le dire m'a émue. Mais l'espace d'une seconde seulement. Je lui ai montré la photo de Nadine et de McFall.

« Tu l'as déjà vue ici ? »

Tony a pris le temps de bien regarder. « Elle ressemble à une fille qui a dû travailler ici pendant deux ou trois mois. Pas longtemps. Raquel ? » il a suggéré en plissant les yeux.

J'ai haussé les épaules. Aucune fille dans un endroit pareil n'utilisait son vrai nom.

Tony a réfléchi un moment.

«Raquel, je crois. Roxanne peut-être ? Je ne sais pas. Les filles le sauront, elles, elles doivent s'en souvenir. Mais franchement, Joe, je ne suis même pas sûr que ce soit la même fille.

– Et le type ?

– Au bout d'un moment, ils finissent tous par se ressembler», a dit Tony en haussant les épaules.

Je voyais très bien ce qu'il voulait dire. Je suis allée vers le fond de la salle où les filles étaient assises sur des tabourets, près du bar. Elles riaient et se plaignaient tout en buvant leurs verres à demi-tarif et en disant certainement du mal de Tony, des clients et des filles qui ne travaillaient pas ce soir-là.

J'ai reconnu l'une des filles, une brune avec une robe rouge vif et je suis allée vers elle. «Daisy», j'ai dit. Elle s'est retournée pour me regarder. J'ai vu qu'elle ne me reconnaissait pas. Les rires se sont calmés. «J'ai travaillé ici pendant un temps, il y a huit ans à peu près. Ça ne m'étonne pas que tu ne te souviennes pas de moi. Je passais le plus clair de mon temps dans le premier cabinet, dans les toilettes pour dames.»

Ça m'a valu un éclat de rire de sa part et de celle des filles. Le premier cabinet était plus spacieux que les autres et c'était celui que les camées préféraient pour se piquer. Maintenant, elles savaient que je disais la vérité.

«Tu cherches de nouveau du travail ? a voulu savoir Daisy, un peu plus amicale.

– Non, en fait, c'est eux que je cherche.»

Je lui ai tendu la photo de McFall et de Nadine. Elle l'a examinée avant de lever les yeux vers moi.

« Elle a travaillé ici ?

– Je ne sais pas.

– Elle me dit quelque chose… Gina, viens voir ça. »

Une fille grande et mince dans une robe rose a quitté le bout du bar pour s'approcher. Elle a regardé la photo par-dessus l'épaule de Daisy.

« Je ne sais pas, a dit Gina avec un fort accent de Brooklyn. C'est pas la fille qui est partie travailler au Royale ?

– Peut-être, a dit Daisy. Comment elle s'appelait déjà ? »

Gina a haussé les épaules.

« Bon sang, elles changent tellement souvent. Roxy ?

– Oh, non, c'est pas ça. Roxy, c'était la fille qui est partie vivre en Alaska. »

Une Portoricaine à la peau mate s'est penchée pour regarder la photo.

« Non, elle a dit avec un accent espagnol. Ça, c'est la fille qui est partie au Royale. J'y suis allée une fois avec une copine – ne dites rien à Tony, pour l'amour du ciel – et je l'y ai vue.

– C'était quand ? j'ai voulu savoir.

– Il y a plus d'un mois. »

– Je peux me tromper mais, lui, il me semble l'avoir déjà vu, a repris Gina en désignant McFall. Hé, Clara, Clara, viens jeter un coup d'œil. »

Clara était une jolie blonde aux formes généreuses qui portait une robe bustier blanche et sophistiquée qui aurait pu convenir pour une cérémonie. Elle avait l'air trop jeune pour travailler Chez Rose. Elle a sauté de son tabouret pour nous rejoindre. En voyant la photo, elle a cillé et fait la moue, juste assez pour qu'on le remarque si on faisait vraiment attention.

« Non », elle a déclaré d'une voix douce. Je me suis dit qu'elle devait toujours parler comme ça, d'une voix calme et douce. « Je ne les ai jamais vus ni l'un ni l'autre. »

Daisy a fait circuler la photo jusqu'au bout du bar. Les autres filles ont dit qu'elles ne les avaient jamais vus dans le coin. Je les ai remerciées et elles sont retournées à leurs verres et à leurs bavardages. Toutes sauf Clara, la blonde. Elle s'est assise sur son tabouret en regardant par terre.

« Hé, je lui ai dit en souriant, on boit un verre ? »

Elle a fait oui de la tête. Je l'ai prise par le bras pour la conduire jusqu'à une table, à quelques mètres du bar où nous nous sommes assises face à face. Elle n'a pas résisté. Son bras était doux et pratiquement amorphe et on avait un peu envie de pleurer à son contact.

« Comment tu le connais ? » je lui ai demandé.

Elle a haussé les épaules, vaincue. Elle avait des traits jeunes et fatigués. Elle a de nouveau regardé par terre.

« On est allés dîner plusieurs fois, c'est tout.

– Tu l'as rencontré ici ?

– Ouais. On est allés dîner plusieurs fois, c'est tout. »

Mais ce n'était pas tout. Elle regardait toujours par terre.

« Pourquoi ça s'est arrêté là ?

– Ce type, il avait l'air différent, tu comprends ? Gentil. Il avait vraiment l'air d'être quelqu'un de bien.

– Et puis ? »

Elle a gardé les yeux baissés.

« Tu as couché avec lui ?

– Ouais, je l'ai fait, elle a répondu en levant les yeux. Et quand je me suis réveillée le matin, tout mon fric s'était envolé. Deux cent vingt-cinq dollars. Je les gardais dans une petite boîte en fer sur ma commode.

– Tu as revu le type depuis ? »

Elle a fait non de la tête, s'est de nouveau affalée, et a rebaissé les yeux. « Mince. Ça m'avait pris longtemps d'économiser ces deux cent vingt-cinq dollars. »

J'ai parlé un moment à Tony avant de partir. Je m'apprêtais à y aller quand un groupe de cinq hommes d'affaires est entré. Ils étaient gros, le visage rose et luisant et riaient, comme si se payer des taxi-girls, c'était le truc le plus drôle qu'ils aient jamais fait. Comme si c'était pour ça qu'ils le faisaient : pour se marrer. Quand les filles au bar les ont vus entrer, elles se sont un peu redressées, ont arrêté de plaisanter, leur ont adressé des sourires modestes, pleins d'espoir. Comme si elles n'attendaient qu'une chose : qu'un homme d'affaires rondouillard et rubicond en costume bon marché vienne les sauver.

En sortant, j'ai vu que Clara était toujours assise à la table où je l'avais laissée, seule, prostrée.

7

J'ai dormi tard le lendemain parce que j'en avais la possibilité. S'il fallait que j'aille au Royale, ce n'était pas la peine de me déplacer avant le coucher du soleil. Je croyais avoir entendu dire que les beaux jours arrivaient en mai ; cela dit, ce ne devait être qu'une rumeur parce qu'on était en mai et il tombait des cordes. Il pleuvait quand je me suis réveillée et il pleuvait encore quand j'ai rangé ma chambre, ramassé mes affaires sales, rangé mes vêtements, que je suis allée m'acheter des collants et des gants neufs et que je me suis préparée à sortir.

En fin d'après-midi, j'ai pris le métro jusqu'à Times Square où je suis allée déjeuner à l'Automat. J'avais grandi juste à la limite de Times Square, à Hell's Kitchen, et à l'époque, venir à l'Automat représentait un véritable événement. L'endroit était toujours bruyant, bondé, plein de gens normaux avec un véritable travail – les pue-la-sueur, comme les appelait ma mère. Des gens avec de vrais boulots, des gens qui étaient propriétaires de leurs maisons, ou du moins, c'est ce que j'imaginais. À

Hell's Kitchen, on déménageait d'une pension ou d'un appartement à l'autre plusieurs fois par an. On se faisait toujours virer à cause de ma mère, pour une raison ou une autre – trop de fêtes, trop de bruit, trop de mecs qui défilaient et bien sûr, parce qu'elle payait toujours le loyer en retard. Je ne me souvenais pas de la moitié des chambres dans lesquelles nous avions logé, et il valait sans doute mieux. Parfois, je passais devant un immeuble décrépi de la Cinquante-Cinquième en songeant qu'il me disait quelque chose, sans jamais en être vraiment certaine.

À l'Automat, on mettait une pièce de cinq ou dix cents dans un distributeur et on ouvrait une petite porte en verre pour prendre un sandwich, une assiette de macaronis au fromage ou une part de tarte à la cerise. Bien plus tard, j'ai su que des dames travaillaient derrière les distributeurs qu'elles remplissaient de nourriture. Quand j'étais petite, je venais y prendre un Coca. Je n'avais jamais assez d'argent pour m'acheter quelque chose de bon et c'est difficile de voler à l'Automat – c'était possible si on attrapait la porte juste après que quelqu'un s'était servi et en tendant la main tout au fond, mais là, un type arrivait pour vous jeter dehors. Les dames voyaient tout ce qui se passait, je suppose. En grandissant, j'ai appris que si on traînait en buvant une tasse de café et en ayant l'air affamé, un type viendrait toujours vous offrir quelque chose. L'astuce, c'était de partir avant que le type ne réclame une contrepartie en échange des cinq cents déboursés pour acheter une part de tarte.

Mais ce jour-là, j'étais pleine aux as et j'ai mangé deux parts de tarte sans avoir à regarder par-dessus mon épaule. Quand je suis sortie de l'Automat, il ne pleuvait plus et je me suis promenée un moment. Times Square était plein de touristes en train d'admirer les néons. Ils n'avaient peut-être pas l'électricité chez eux. À l'angle de la Quarante-Deuxième et de la Septième, une bande de jeunes homos traînaient en salopettes moulantes en attendant les clients ; ils s'insultaient et riaient de leurs propres blagues en essayant de passer le temps. Devant le musée de Quatre Sous dans la Quarante-Deuxième Rue, un bonimenteur en queue-de-pie et coiffé d'un turban essayait de convaincre les passants d'entrer voir les puces savantes du professeur Thadeus. J'ai refusé. Je les avais déjà vues et elles n'étaient pas si savantes que ça. Un groupe de marins en uniforme blanc regardaient le bonimenteur faire son numéro, perplexes, et un vieil homme en imperméable élimé aux manches rôdait près des marins. Le vieil homme avait le visage marqué et il lui restait à peine quelques mèches grises sous son chapeau. Sous l'imperméable, il portait un costume qui devait être plutôt chic quand il l'avait acheté, dix ans plus tôt, mais qui aujourd'hui était fané et luisait d'avoir été trop souvent nettoyé. Le vieil homme avait les yeux rivés sur le bonimenteur mais lentement, pas à pas, se rapprochait de l'un des marins.

Il s'apprêtait à le soulager de son portefeuille quand le bonimenteur a remarqué son manège. Au moment où il allait faire une remarque, je suis intervenue en prenant le vieil homme par le bras. « Papi !

Je te l'ai déjà dit cent fois : je ne veux pas que ta pension te serve à reluquer les filles nues du musée de Quatre Sous ! »

Le vieil homme n'était autre que Yonah Ross, probablement le plus vieux camé encore en vie de New York – il n'était pas si vieux que ça, mais c'était quand même une drôle de performance. Sa longévité était en partie due au fait qu'il n'avait jamais vendu de came, contrairement à la plupart des drogués à un moment ou à un autre de leur vie, aussi personne n'avait de dent contre lui. Il s'en tenait simplement aux arnaques de rue – vol à la tire, vol à l'étalage, jeux de cartes truqués, vente de faux opium aux touristes – et fourguait aux marins de fausses prostituées. Il avait vécu avec ma mère un temps, quand j'étais gamine. Beaucoup d'hommes avaient vécu avec ma mère, mais Yonah était différent. Il aimait les enfants et m'avait beaucoup appris.

Les marins se sont regardés et ont décidé que les filles nues et les puces savantes valaient bien une pièce de dix cents. Ils sont entrés. Après avoir encaissé leur argent, le bonimenteur s'est tourné vers Yonah. « Tu as de la chance qu'elle soit arrivée, ou j'aurais fait venir les poulets. Maintenant, dégage et que je ne te revoie plus. »

Yonah avait l'air sombre quand nous nous sommes éloignés. « Bon Dieu ! il s'est écrié après m'avoir remerciée de l'avoir tiré de là. Quel connard ce forain ! Pour qui il se prend ? Je connaissais son paternel, tu sais, et lui, il ne m'a jamais fait de problème. J'amenais des types jusqu'au musée et en échange, il me laissait faire les poches des spectateurs des premiers rangs. On travaillait ensemble à l'époque, tous ceux de Times Square. Les putes me disaient qui avait le fric et je leur disais de qui je m'étais déjà occupé, comme ça on ne perdait pas notre temps. Aujourd'hui, c'est chacun pour soi. Les loups se mangent entre eux ici. » L'immoralité de la situation le laissait perplexe. Nous sommes passés devant chez Howard Jonhson. Yonah avait repéré deux ou trois hommes d'affaires de province qui attendaient devant le restaurant mais je l'ai forcé à continuer sans s'arrêter. Il m'a souri.

« Bon sang, Joey, tu es magnifique, tout simplement magnifique. Comment tu vas en ce moment ? Tu t'en sors ?

– Très bien. Je m'en sors très bien. Mais écoute, Yonah, je t'offre un verre. Tu peux peut-être me donner un coup de main.

– Évidemment, ma jolie, évidemment. Mais tout de suite, il faut que je repasse chez moi un moment. Tu veux venir ? »

Je l'ai accompagné jusqu'à sa chambre, à l'angle de la Quarante-Deuxième et de la Neuvième. En chemin, on a parlé du bon vieux temps. De tous les bons moments qu'on avait passés quand il m'apprenait à moudre de l'origan pour qu'il ressemble à de l'herbe et pour pouvoir le vendre à des gogos à coup d'un dollar ou même plus. L'époque formidable où il me faisait asseoir pour m'expliquer ce qu'était un vieux pervers et me présentait à un type qui allait monter un coup avec moi – je ferais semblant d'être une pute et Yonah ferait semblant d'être mon papa en colère. Je trouvais un client et juste avant qu'on passe à l'acte, Pa' faisait irruption et le client donnait à Pa' tout le fric qu'il avait sur lui pour le dissuader d'appeler les flics. Ça partait d'un bon sentiment cela dit, et ma situation aurait sans doute été bien plus précaire aujourd'hui si je ne l'avais jamais rencontré. Dans la vie, il faut toujours avoir la possibilité de se rabattre sur quelque chose.

Il vivait dans un hôtel baptisé le Prince Alexander. Il semblerait que la moitié des hôtels miteux de la Terre s'appellent le Prince Machinchouette. Et le pire, c'est que ça avait été des hôtels chic à un moment donné. Quand on entrait dans l'hôtel, on découvrait un sol en marbre recouvert d'assez de crasse pour pouvoir se passer de tapis et, à la réception, un comptoir enfermé dans une cage en grillage à poules. C'était un des trucs auxquels on pouvait s'attendre dans n'importe quel hôtel Prince Machintruc : la réception serait entourée de grillage à poules.

Derrière le bureau, un jeune homme maigre lisait un magazine cochon. Il a adressé un signe de tête à Yonah quand il est entré. Dans le hall, une bande de types à peu près de l'âge de Yonah, des alcooliques et des dingues, traînait en regardant la vie passer, ou au moins la tranche de vie qui se déroulait au Prince Alexander. Nous nous sommes arrêtés pour les saluer. J'en connaissais certains : Fred le Borgne, Jackson de la Cinquante-Troisième Rue et Jim le Cinglé. À les voir aujourd'hui, c'était difficile à croire mais, à une époque, ils avaient tous compté, ces vieux escrocs, arnaqueurs et braqueurs du Prince Alexander. Quand j'étais gamine, on voulait tous leur ressembler une fois devenus adultes. Et maintenant, j'avais de plus en plus l'impression que c'était bien parti pour.

Un peu à l'écart, il y avait un vieux type assis ; il portait un costume marron et une chemise blanche avec un grand col et un chapeau melon qui avait l'air de dater de 1915. Grand et mince, il était assis parfaitement droit et se parlait doucement sans interruption. D'après ce que je pouvais entendre, il parlait d'une femme appelée Emily.

« Emily a dit qu'elle rentrerait à la maison dans cinq minutes à part que ça n'a pas pris cinq minutes mais six, six et demie, une demi-douzaine de beignets… »

Yonah m'a fait traverser l'entrée jusqu'à l'ascenseur qu'il a actionné lui-même pour nous conduire au deuxième étage. Au bout d'un long couloir aux murs tapissés de papier à moitié décollé où brillait la faible lueur d'ampoules nues et où s'alignait une série de portes verrouillées, on arrivait à la chambre de Yonah. Par comparaison, ma chambre au Sweedmore ressemblait à une suite au Plaza. Chez Yonah, c'était juste assez grand pour un lit une place – qui tenait plus du lit de camp qu'autre chose, à vrai dire – et une vieille chaise verte trouée au rembourrage apparent. Le lit était recouvert de draps grisâtres, tout entortillés. Des vêtements étaient suspendus à des clous au mur.

« Assieds-toi, ma jolie. » Yonah a souri en enlevant son chapeau et son imper qu'il a posés sur le lit. Je me suis assise sur la chaise. Une odeur épouvantable flottait dans la pièce. Par terre, il y avait un cendrier qui débordait. « Je reviens tout de suite », a dit Yonah.

Il est allé chercher sa seringue et sa came, sans doute cachées quelque part dans le couloir. C'était plus sûr. Si les flics fouillaient sa chambre, ils n'y trouveraient rien et si quelqu'un trouvait ses affaires dans le couloir, personne ne pourrait prouver qu'elles lui appartenaient. J'ai jeté un coup d'œil à la pièce. Un drap jaunâtre était tendu à la fenêtre mais il pendouillait d'un côté, et j'ai vu qu'à peine le soleil levé, il se recouchait déjà en teintant le ciel de jaune et de gris. Une minute plus tard, Yonah est revenu, avec à la main un mouchoir blanc crasseux qui cachait tout son attirail.

« Excuse-moi une minute, Josephine », il a dit. Il s'est adossé à la tête du lit, face à la porte. Il me tournait le dos mais j'arrivais à entendre tout ce qu'il faisait. D'abord, il a ôté sa chaussure droite qu'il a laissée tomber par terre avant d'enlever sa chaussette. Ensuite, il s'est servi d'une cuillère pour prélever un peu de came dans une enveloppe. Puis il s'est servi de sa seringue pour aspirer quelques gouttes d'eau dans un verre qu'il devait garder sous le lit, j'imagine, et les a versées dans la cuillère. Il s'est servi de la flamme d'une allumette pour chauffer le mélange jusqu'à ce qu'il prenne une belle couleur ambrée bien uniforme. Enfin, il a rempli sa seringue avec le mélange en l'aspirant à travers un petit tampon de coton. Et puis il s'est affairé un moment, a lancé quelques jurons tandis qu'il s'efforçait de trouver une veine encore en état. « Ah, voilà, c'est parti », il s'est écrié en en trouvant une bonne. Et puis il s'est injecté la drogue dans une veine du pied. Celles de ses bras ne devaient plus rien valoir depuis vingt ans, bousillées par l'abus de drogue. Il avait de la chance de pouvoir encore se servir des veines de ses pieds – pour la plupart des vieux toxicomanes, c'était soit l'entrejambe soit le cou.

Il est resté assis tranquille pendant un moment. Ce n'était pas que planer procurait un plaisir particulier, surtout pas quand on se piquait depuis aussi longtemps que Yonah. On pouvait à peine appeler ça planer. C'est que rien d'autre ne faisait mal. La douleur physique, la souffrance morale, les souvenirs, la honte n'existaient plus. Rien ne comptait plus. C'était comme si la drogue vous élevait à quelques mètres à peine au-dessus des autres, juste assez pour ne pas avoir à vous préoccuper de tous les problèmes insignifiants du monde. Ces problèmes ne vous concernaient plus désormais. Quelqu'un d'autre pouvait bien s'en inquiéter. Vous pouviez observer tout ça sans rien ressentir. Pendant ce minuscule laps de temps, vous aviez tout ce dont vous aviez besoin, tout ce que vous aviez toujours désiré.

Il a remis sa chaussette et sa chaussure et s'est tourné vers moi en balançant ses jambes sur le rebord du lit.

« Bon Dieu, Joe, tu vas bien ? »

Je me suis rendu compte que j'étais en train de retenir mon souffle. Je serrais si fort la mâchoire que ça m'a fait mal de la desserrer. J'ai pris une profonde inspiration.

« Ouais, ça va, merci. » Yonah n'avait pas pris une

grosse dose, juste assez pour se maintenir en état et il était bon pour une ou deux questions. Je lui ai montré une photo de Nadine Nelson et de Jerry McFall en lui demandant s'il les connaissait.

Yonah a réfléchi un moment en hochant la tête. Et puis, une drôle d'expression est apparue sur son visage, comme s'il avait découvert que son lait était tourné en le goûtant.

« Ouais. Lui, je le connais. Elle, non, je ne crois pas – peut-être que je l'ai vue, mais je ne suis pas sûr. Mais lui, je sais qui c'est. Jerry McFall.

– Qu'est-ce que tu peux me dire sur lui ? »

Yonah a changé de position sur le lit, il s'est mis à l'aise. Il a poussé un soupir de satisfaction. « C'est un sale con. Un maquereau. »

Je m'en doutais mais n'en étais pas sûre. Je ne savais pas où Nadine se trouvait exactement à l'heure actuelle mais, au moins, je savais ce qu'elle faisait.

« Il est accro ? j'ai voulu savoir.

– Ouais, ça fait des années qu'il se pique. Mais c'est le dessus du panier, tu vois, a ironisé Yonah. Il sort en ville, traîne avec tous les voyous et les arnaqueurs en essayant de faire son chemin. Il porte des costumes chic, se prend pour un gros caïd. Il prétend faire du cinéma, a précisé Yonah en éclatant de rire. Parfois, il prend des photos des filles pour les vendre à des magazines. Tu vois ce que je veux dire. Mais ce qui lui permet de gagner sa croûte, c'est les filles qui travaillent pour lui. Toutes camées. Et il vend aussi. Pas beaucoup. Surtout aux filles, celles qu'il fait travailler. Tu sais ce que c'est. Il faut qu'il s'en occupe ou elles trouveront quelqu'un d'autre.

– Il vend de la bonne came ?

– J'en sais rien, a répondu Yonah avec un haussement d'épaules. Je ne me fournis pas chez lui. Il traîne avec toute une bande, des jeunes, je ne les fréquente pas vraiment.

– Tu l'as vu dans les parages récemment ?

– Pas lui, non. Mais je vais ouvrir l'œil. Pourquoi tu t'intéresses à ce voyou, au fait ?

– Comme ça. Quelqu'un vient de me demander de le retrouver, c'est tout.

– Hé, ça devrait pas être trop difficile. Les types comme lui, ils sont tout le temps en train de vadrouiller à droite à gauche, en train de faire la bringue. »

Yonah a fermé les yeux un moment. J'ai regardé par terre. Il y avait un journal vieux de quinze jours ouvert à la page d'une publicité pour une boutique de prêt-à-porter féminin.

Je l'ai ramassé. Yonah a entendu le froissement du papier et a rouvert les yeux. « Hé, t'as vu ? il a demandé en souriant. C'est Shelley dans le journal. Tu peux le garder si tu veux. »

J'ai commencé à dire : « Non, c'est pas… » Mais j'ai jeté un nouveau coup d'œil. Il avait raison, c'était bien Shelley. Je ne l'avais pas reconnue. Elle portait une robe noire moulante à la taille avec un jupon évasé, retenue par deux fines bretelles aux épaules. Elle avait les cheveux tellement lissés qu'ils brillaient, remontés en un gros machin sur le dessus de la tête et elle était maquillée comme un camion volé, même si ça ne faisait pas du tout vulgaire. Sous la photo, on pouvait lire : « Pile à temps pour le printemps ! »

Dans la publicité pour les bijoux, elle était assez jolie, mais je l'avais reconnue tout de suite. Sur celle-ci, en revanche, elle avait l'air d'une vedette de cinéma vu comment on l'avait coiffée et maquillée. Elle avait l'air d'une fille friquée. D'une fille qui avait voyagé dans le monde entier. D'une fille qui n'avait qu'à claquer des doigts pour obtenir tout ce qu'elle voulait, qui était habituée au meilleur, qui n'avait jamais eu à mendier ni à emprunter ni à voler quoi que ce soit de sa vie.

Bien sûr, elle avait toujours été plus ou moins comme ça. Shelley ne nous avait jamais ressemblé, à nous autres. La plupart des filles du quartier ne portaient jamais de robe neuve et se contentaient de récupérer celles de leur mère ou de leur sœur. Shelley refusait d'aller à l'école avec une vieille robe. Si je voulais qu'elle aille à l'école, il fallait que je l'emmène dans la boutique de prêt-à-porter de Mabel pour lui acheter une robe neuve chaque année en septembre. Mais jusque-là, ça avait toujours été comme si elle jouait la comédie. Elle avait beau porter toutes les robes neuves qu'elle voulait, elle était toujours Shelley. Elle restait la même, une fille qui n'allait pas dans une meilleure école et qui n'avait pas de meilleure mère ou de foyer plus agréable que le reste d'entre nous. Si elle avait envie d'une part de tarte à l'Automat, elle ne pouvait pas se la payer à moins que je lui donne cinq cents parce que je n'avais pas envie qu'elle traîne dans ce bouge en attendant qu'un type se radine. Je n'avais pas envie qu'elle pense que c'était normal de traîner et d'attendre qu'un type lui paye quelque chose qu'elle aurait dû être capable de se payer elle-même.

Mais à la voir maintenant, j'avais vraiment l'impression qu'elle était quelqu'un d'autre. Qu'elle n'avait jamais vécu à Hell's Kitchen de sa vie. Elle était à des années-lumière du Prince Alexander.

Ça m'a fait peur de voir Shelley comme ça. « Merci », j'ai dit. J'ai plié le journal en faisant attention de ne pas froisser la photo, et je l'ai mis dans mon sac à main.

« Elle connaît peut-être ce McFall, elle, a remarqué Yonah. Elle est jeune, elle connaît toute cette bande. » Ses yeux se sont lentement refermés.

« Pourquoi ? je me suis étonnée, les sourcils froncés. Tu l'as vue récemment ? » J'aimais bien Yonah. D'une certaine manière, on aurait même pu dire que je l'aimais tout court. Ça ne voulait pas dire que j'avais envie que Shelley traîne avec lui pour autant.

« Je sais pas, ma jolie, il a répondu en s'adossant au mur. Quand on est vieux, parfois, on ne sait plus très bien – on peut avoir vu quelqu'un il y a un an en ayant l'impression que ça fait une semaine, tu vois, il a soupiré. Rien n'est plus pareil aujourd'hui. À l'époque, c'était l'argent facile. Laisse-moi te dire, ma jolie : je ne me rendais pas compte à quel point on avait la vie facile à l'époque. Maintenant, c'est sans arrêt des emmerdements, des emmerdements de la part des flics, de la part des gens qui se piquent pas et même de ceux qui se piquent. On dirait qu'on n'a même plus le droit d'exister de nos jours, juste parce qu'on aime s'envoyer une petite dose de temps en temps, il a remarqué, perplexe. Hé, tu te rappelles quand on sortait et qu'on prenait le taxi ensemble ?

– Bien sûr. »

Yonah s'habillait en homme d'affaires et je faisais semblant d'être sa fille. On allait à la gare de Grand Central et on faisait comme s'il venait de se faire voler son portefeuille. Tous les autres hommes d'affaires nous donnaient de quoi prendre un taxi. Pour rentrer chez nous.

Yonah a souri.

« Elle était furax, ta mère, quand on rentrait.

– Elle empochait le fric quand même », j'ai remarqué.

Ce n'était pas ce qu'on faisait qui la rendait furieuse. C'était parce qu'on y allait sans elle et qu'elle avait peur qu'on lui cache quelque chose.

Il a toussoté en riant. « Ouais, c'est bien vrai. C'était quelqu'un, tu crois pas ? Je sais qu'elle ne valait pas grand-chose en tant que mère, mais on se marrait bien avec elle. Et Shelley aussi. Elle était verte de rage que tu sortes sans elle. Tu lui laissais jamais rien faire à cette petite. Mais tu t'es toujours bien occupée d'elles. Ta mère, l'argent lui filait entre les doigts… »

Sa voix s'est éteinte et il s'est mis à somnoler. J'ai observé sa seringue un moment, posée par terre près de lui. À côté de l'aiguille et de la seringue, il y avait une pochette en tissu. J'étais sûre qu'il y gardait sa came. Il devait en avoir un joli paquet à cause de sa dépendance. Il ne se serait même pas aperçu qu'il en manquait un tout petit peu. Il ne se serait pas aperçu qu'elle avait disparu.

J'ai regardé la pochette un moment. Et puis je me suis levée sans bruit, j'ai sorti un billet de vingt dollars de mon sac que j'ai mis dans la pochette. J'ai étendu Yonah sur le lit et je suis partie en refermant la porte derrière moi.

8

Le Royale se trouvait dans la Quarante-Septième Rue, après l'intersection avec la Neuvième Avenue. Ç'avait été un vrai music-hall autrefois et la façade avait conservé son décor en stuc, tout un fatras de sirènes, d'Égyptiens et de vagues. Cette espèce de méli-mélo devait avoir un sens dans les années vingt, à l'époque où le bâtiment avait été construit. Mais à la place des titres de film, aujourd'hui on pouvait lire au fronton : « Des filles ! Des filles ! Des filles ! Revue en direct à l'intérieur ! » La première des choses que l'on voyait en entrant dans le hall, c'était des filles, conformément à ce qu'on venait de lire à l'extérieur. Entre deux numéros, les danseuses attendaient dans le hall pour attirer les clients dedans. Elles avaient beau se tenir bien droites, sourire de toutes leurs dents et porter du brillant à lèvres, elles n'étaient pas jolies. Elles menaient une vie difficile qui les faisait vieillir rapidement. Elles ne quittaient pas leurs costumes de scène, des robes de soirée à paillettes faites pour s'enlever facilement, et à la lumière, on voyait qu'elles étaient tachées et que la moitié des paillettes était tombée.

Les filles fumaient des cigarettes et s'efforçaient d'avoir l'air gai à cause d'un type en smoking bon marché qui mesurait cinq centimètres de moins que moi et qui leur mettait la pression. Deux filles parlaient à voix basse d'une troisième.

« Quelle pétasse !

– Je sais. Tout ça pour une épingle à cheveux de rien du tout, tu te rends compte ?

– Elle a toujours été comme ça. C'est une pétasse. Te laisse pas atteindre… »

Quand j'ai essayé de passer la porte pour entrer dans la salle, l'homme au smoking bon marché m'a arrêtée. « Désolé, il a dit en me dévisageant, l'air mauvais, interdit aux dames non accompagnées. »

C'était la règle dans ce genre de bouge, pour empêcher les putes d'entrer. Le patron n'avait pas envie de devoir faire face à la concurrence.

« Je suis là pour affaires, je lui ai répondu. Pour affaires avec la direction.

– On engage personne, il a dit en me toisant.

– Bon sang, vous me faites de la peine, là, mais je ne parle pas de ce genre d'affaires-là.

– Quel genre alors ?

– Le genre qui ne vous regarde pas du tout. »

Il a essayé de s'y prendre autrement.

« Vous savez qu'il y a deux consommations obligatoires, non ? Ça fait une pour vous et une pour une fille.

– Deux vraies consommations ? Je pense pouvoir y arriver.

– Je ne sais pas. Les consommations ne sont pas bon marché, là-dedans. Et puis ce sont les ordres du patron : interdit aux dames non accompagnées. À moins que… »

Je lui ai tendu un dollar qu'il a pris et a examiné de très près avant de le chiffonner et de le fourrer dans sa poche.

« Vous savez, une gitane m'a dit un jour que ça portait malheur de chiffonner ses billets comme ça.

– Ouais, comme si j'avais besoin de vos conseils », il a répondu en s'effaçant pour me laisser entrer.

Cela dit, il a tout même repris le billet pour le lisser entre ses doigts avant de le remettre dans sa poche.

Des lumières tamisées à la teinte rougeâtre éclairaient la salle. On avait conservé la grande scène sur laquelle une femme en robe blanche se déhanchait. On n'aurait pas pu appeler ça danser à proprement parler. Derrière elle, des musiciens à deux doigts de passer l'arme à gauche finissaient d'administrer leur dose quotidienne de *Blue Moon* pour enchaîner avec *Stardust*. Dans la salle, les rangées de sièges avaient été arrachées et remplacées par des tables et des chaises. Quelques clients assis près de la scène avaient l'air de s'intéresser à ce qui s'y passait, comme si on y donnait un véritable spectacle. Des filles étaient installées à la plupart des tables, seules, en compagnie de clients ou entre elles. C'était ça la véritable attraction. Elles passaient quelques minutes par jour sur scène et le reste de la journée à fricoter avec des types pour se faire payer des verres et tout ce qu'elles pouvaient leur soutirer.

De Chez Rose à ici, Nadine avait eu vite fait de dévaler la pente. L'étape suivante serait sans doute d'aller faire le tapin à l'ancienne.

Une femme est sortie de derrière le bar pour venir vers moi. C'était une grande brune au visage dur d'à peu près mon âge vêtue d'un tailleur moulant. Avant qu'elle ait eu le temps de me servir le même laïus que le portier, je lui ai montré la photo de Nadine et McFall. Elle a longuement scruté mon visage avant de jeter un vague coup d'œil à la photo.

« Je ne sais pas. Ce pourrait être n'importe qui. » Je lui ai demandé s'il était possible de parler à certaines filles. Elle m'a regardée en haussant les épaules. « Tant que vous payez à boire, vous pouvez faire ce que vous voulez avec les filles. »

Je me suis dit que les Nelson m'avaient donné suffisamment de liquide pour pouvoir casquer un peu. Je me suis approchée d'une table près de la scène à laquelle n'étaient assises que des filles.

« Salut, je m'appelle Josephine et je voudrais vous payer une tournée. »

Elles se sont regardées en gloussant et ont fait de la place pour que je puisse m'asseoir. Une serveuse est venue prendre la commande : un Tom Collins, un Sloe gin-fizz, un Pink lady, un Mimosa, un whisky sour, un ginger ale pour la dame qui payait l'addition et un bourbon avec de la glace. Le bourbon était destiné à une brune en robe noire qui avait l'air de s'en être déjà envoyé quelques-uns ce jour-là, et pas mal la veille.

Excitées, les filles ont ri bêtement et chuchoté jusqu'à ce que leurs verres arrivent. Tout ce qui sortait de l'ordinaire dans ce genre d'endroit, comme une dame qui offrait à boire, faisait sensation. La routine pouvait être plutôt ennuyeuse. Quand on leur eut servi leurs cocktails, j'ai fait passer la photo de Nadine et McFall.

« Oh, bien sûr, elle a travaillé ici, s'est exclamée une des filles, une blonde qui portait une robe rose et un rouge à lèvres assorti. Et lui, il traîne tout le temps par ici. C'est quoi, son nom ? Trixie ?

– Non, a répondu sa voisine, une rousse potelée habillée en vert. Trixie, c'était celle qui est partie en Alaska. Elle, c'est Belle. Toi, tu dois t'en souvenir. »

Elle a tendu la photo à une fille de l'autre côté de la table à qui on donnait seize ans. La gamine a regardé la photo avant de hausser les épaules.

« Belle ? Peut-être. Mais je croyais qu'elle s'appelait Candy.

– Oh non ! » a dit celle au bourbon, d'une voix éraillée d'alcoolique.

Elle regardait la photo par-dessus l'épaule de la gamine. C'était une des filles de McFall, le type sur la photo. Une de ces putains de camées. « Demandez à machine », elle a ajouté en désignant d'un signe de tête une petite brune à qui on donnait à peine vingt ans, assise seule à une table dans un coin.

Je ne l'avais pas remarquée jusque-là. Elle était mince et portait une robe noire à manches longues pour cacher les marques de piqûres. Elle avait le visage creux là où il aurait dû être potelé et même si elle restait jolie, elle avait aussi l'air d'être en train de mourir.

« Elle aussi travaille pour cette ordure. Elle connaît la fille, j'en suis sûre.

– Pourquoi c'est une ordure ? j'ai demandé.

– Elles sont toutes camées, a répondu sèchement l'alcoolique. Il les fait devenir accros à la dope et puis il les oblige à travailler ici. Certaines sont encore gamines, vous savez. Bref, demandez à n'importe quelle fille qui travaille ici, elle aura des choses à dire sur Jerry McFall. Toutes celles qui sont indépendantes, comme moi, qui travaillent à leur compte, il essaie tout le temps de les recruter. Comme si j'avais envie de donner la moitié de mon pognon à une ordure pour qu'il puisse faire plonger des gamines dans la dope. Les droguées, elle a ajouté, ce sont les pires. »

C'est ça, je me suis dit, avec les alcoolos.

J'ai remercié les filles et j'ai laissé de l'argent sur la table pour une nouvelle tournée avant d'aller trouver la petite brune. Elle m'a souri.

« Salut, j'ai dit, je peux te payer un verre ?

– Bien sûr », elle a répondu, d'une voix douce de gosse.

Je me suis assise près d'elle.

« Comment vous vous appelez ? elle a voulu savoir.

– Josephine. »

Elle m'a regardée comme si elle n'avait jamais entendu paroles plus fascinantes. J'ai compris ce qui se passait : elle me prenait pour une cliente.

« En fait, j'espère que tu vas pouvoir me donner un coup de main. Je cherche une fille que tu connais peut-être. »

Son sourire s'est un peu effacé. Elle avait cru gagner son bifteck grâce à une lesbienne, mais ce ne serait pas pour ce soir. Malgré tout, je lui avais payé un verre qu'elle allait mettre un certain temps à finir et jusqu'à ce que ce soit le cas, elle était coincée avec moi. Elle a hoché la tête quand je lui ai montré la photo de Nadine. « Bien sûr. Nanette. Je la connais. »

Je n'en revenais pas. Enfin quelqu'un qui connaissait vraiment Nadine, qui ne se contentait pas de se rappeler l'avoir vue une fois, mais qui la connaissait vraiment. J'ai eu l'impression d'être soulagée d'un poids énorme.

« Bon. Tu sais où elle est ? »

La fille a jeté un regard circulaire dans la salle en essayant de se trouver une perspective plus alléchante pour la soirée. « Écoute, je lui ai dit, sérieuse, en m'efforçant de monopoliser son attention. Cette fille a des parents qui tiennent à elle. Ils veulent la ramener chez eux même si elle est droguée, ils s'en foutent. Je les ai rencontrés en personne et ce sont des gens bien. Elle serait cent fois mieux avec eux que là où elle est en ce moment, tu ne crois pas ? »

Quelque chose a attiré l'attention de la fille à l'autre bout de la salle. Je me suis retournée pour regarder. Un homme d'âge moyen assis seul près de la scène lui souriait. Il lui a adressé un signe de la main. Elle a fait de même avec un grand sourire. De toute évidence, mon petit laïus avait eu un profond effet sur elle…

« C'est un habitué, il faudrait vraiment que… »

J'ai pris un billet de cinq dans mon sac que je lui

ai tendu. Quand elle a essayé de l'attraper, je l'ai mis hors de sa portée.

« Écoute, j'ai dit. Pour cinq dollars, je veux des réponses. Tu es prête à me les donner ?

– Bien sûr, elle a répondu, offensée. J'essaie juste de gagner ma croûte, là. »

J'ai tendu le billet qu'elle m'a arraché des mains et fourré dans sa chaussure en un clin d'œil.

« Alors, elle est où ?

– Je sais pas où elle est. La dernière fois que je lui ai parlé c'était il y a, j'en sais rien, quatre ou cinq jours peut-être. »

Elle a regardé par-dessus son épaule pour faire signe à son client qu'elle n'en avait pas pour long-temps.

« Raconte-moi tout depuis le début. » Je sentais que le poids reprenait sa place sur mes épaules. « Depuis le moment où tu as fait la connaissance de Nanette. »

Elle a hoché la tête et s'est gratté la jambe. « Bon. Nadine – c'est son vrai nom –, Nadine a commencé à venir ici il y a un mois, peut-être deux. Elle n'avait jamais… enfin, vous voyez, jamais mis les pieds dans ce genre d'endroit. Alors, Jerry… c'est un ami à nous. » Les professionnelles ne se seraient jamais servi du mot *maquereau*. Elles parlaient toujours du chic type qu'elles connaissaient, prêt à leur donner un coup de main. « Il m'a demandé de veiller sur elle et c'est ce que j'ai fait. Une fille très gentille, mais un peu bête. Jerry nous a installées dans le même hôtel. Elle était toujours en train de dessiner quand elle ne travaillait pas. » Elle a eu un petit sourire narquois, comme si le fait de dessiner prouvait que Nadine était bête. « Et puis, il y a environ une semaine, Jerry et elle sont partis quelques jours. J'ai parlé aux autres filles, personne ne savait où ils étaient. Ça n'était pas tellement étonnant – quelquefois, Jerry emmène une fille en vacances comme ça, quand elle se débrouille vraiment bien ou quand elle a besoin de se faire remonter les bretelles. Enfin, bref, une nuit, je rentre à l'hôtel et je trouve Nadine dehors en train de pleurer. Personne voulait la laisser entrer parce que Jerry n'avait pas payé sa note. Il avait pas payé la mienne non plus mais je m'en suis chargée moi-même avec ce que j'avais gagné. Alors, je l'ai fait entrer en douce par la porte de derrière – comme je l'ai déjà dit, elle était pas très futée parce qu'elle aurait pu le faire toute seule – et on a forcé la serrure de sa chambre pour qu'elle puisse récupérer ses affaires. »

Elle a de nouveau souri au type à l'autre bout de la pièce.

« Et alors, qu'est-ce qui s'est passé ? j'ai voulu savoir.

– Eh bien, d'après Nadine, Jerry lui a dit qu'il l'invitait à sortir, vous voyez. Il l'a emmenée dans un appartement…

– Où ?

– Elle ne l'a pas dit. Il l'a emmenée dans cet appartement et il n'y avait personne. Alors, bien sûr, Nadine a mis du temps mais elle a finalement compris qu'ils étaient en train de cambrioler quelqu'un. Nadine m'a dit qu'elle a eu tellement peur qu'elle a failli se mettre à pleurer ! »

Ça l'a fait rire. « Alors, Jerry lui a dit de surveiller la porte et de hurler si elle voyait quelqu'un approcher. » C'est ça. Comme ça, Jerry pouvait filer par la fenêtre de derrière pendant que Nadine passait un mauvais quart d'heure.

« Mais ils ont été pris sur le fait ? » j'ai demandé.

La fille a hoché la tête. « Jerry avait garé sa voiture en bas. Je suppose qu'il a trouvé ce qu'il était venu chercher parce qu'au bout de quelques minutes ils ont filé et sont redescendus. Mais là, une autre voiture s'est garée derrière eux juste quand ils partaient. À ce moment-là, Jerry a failli perdre les pédales .– Nadine a dit qu'il était devenu blanc comme un linge ! » Ça aussi, ça l'a fait rire. Rien de tel que la misère d'autrui pour se payer une bonne rigolade.

« Alors, Nadine a compris qu'ils s'étaient bien fait pincer et que la personne au volant de la voiture derrière eux, eh bien, c'était la personne qui vivait dans cet appartement. Parce que le chauffeur de la voiture, il a allumé les phares et il s'est arrangé pour bien voir qui c'était. Il n'a pas essayé de leur courir après ni rien, juste de faire savoir à Jerry et Nadine qu'il les avait vus.

– Hmm… Alors, où est Nadine maintenant ?

– Je sais pas.

– Bon, j'ai soupiré, elle est allée où quand elle a quitté votre hôtel ?

– Je sais pas, a répété la fille. Elle a dit qu'elle allait retrouver Jerry quelque part et qu'ils allaient se faire oublier pendant quelques jours jusqu'à ce que la situation se calme. Mais je n'ai vu ni l'un ni l'autre depuis.

– Alors, qu'est-ce qu'ils ont volé au juste ?

– De la came, c'est ce que pense Nadine. Parce que Jerry était à sec juste avant et qu'après, il en avait à ne plus savoir qu'en faire. En plus, elle m'en a donné un peu.

– Est-ce que tu as la moindre idée d'où Jerry se procurait sa came d'habitude ?

– Uh-uh, a fait la fille en secouant la tête. Je sais qu'il détestait son fournisseur par contre. J'ai entendu Jerry se plaindre de lui deux ou trois fois. » Elle a ri. « J'imagine que le type se prenait pas pour de la merde, il se croyait supérieur à Jerry. Ça le bouffait. »

Alors, Jerry avait forcé Nadine à arnaquer un vendeur de dope et maintenant ils étaient tous les deux dans une belle galère. Génial.

La fille n'en savait pas plus. Elle a fini son verre et s'apprêtait à rejoindre le type à l'autre bout de la salle quand je l'ai arrêtée.

« Alors, tu viens travailler tous les soirs même si ça fait une semaine que Jerry n'est pas là ? » Ça ne me regardait pas du tout mais j'étais curieuse.

« Oh, j'ai un nouveau copain maintenant, elle m'a expliqué. Arnie. Quelques jours après que Jerry s'est fait la malle, il a commencé à venir. Il s'occupe vraiment bien de moi. De toutes les filles, d'ailleurs. On a de la chance qu'il soit arrivé à ce moment-là. » Elle a serré les bras autour d'elle et écarquillé ses grands yeux marron. « Ça serait dur d'être toute seule dans un endroit pareil. »

9

Voilà ce que j'avais appris jusque-là : Nadine avait rencontré McFall alors qu'elle étudiait à Barnard College. Après avoir été renvoyée, elle était restée avec lui. J'imagine comment ça devait se passer. Il devait dire des trucs du genre : *T'en fais pas, chérie, je m'occuperai toujours de toi. Tu n'auras jamais à t'inquiéter de rien.* Il l'a envoyée travailler Chez Rose, ou elle l'a peut-être fait de sa propre initiative. Mais l'argent qu'elle se faisait là-bas ne suffisait pas à lui payer sa drogue tout en laissant sa part à McFall, alors elle était allée travailler au Royale – à moins que ce soit lui qui l'y ait forcée – où il était plus facile de ramasser des clients. *Bien sûr que j'ai pas envie de te voir avec d'autres hommes, chérie. Ça me tue. Mais comment veux-tu qu'on paie les factures autrement ?* Il l'a envoyée vivre à l'hôtel dont m'avait parlé la fille. Maintenant qu'il avait réussi à la rendre accro, pourquoi s'encombrer d'elle ? *C'est temporaire, c'est tout. Jusqu'à ce qu'on ait mis assez de fric de côté pour avoir un endroit à nous, quelque part à la campagne. Aucune*

de ces autres filles ne compte – c'est juste pour pou-
voir me faire plus de fric pour nous deux. Tu le sais.

Et puis, McFall avait eu l'idée géniale d'arnaquer son fournisseur. Ce fournisseur aurait pu être à peu près n'importe quel type vivant dans un des cinq quartiers de New York. C'était la mafia qui introduisait la came en ville mais le temps qu'elle arrive au niveau de Jerry McFall, elle avait dû passer entre les mains de dix intermédiaires qui l'avaient achetée, coupée et revendue. Le fournisseur de McFall ne vendait sans doute jamais dans la rue et ne se piquait sans doute pas. C'était un homme d'affaires en quelque sorte. Mais à coup sûr ni un personnage important ni un mafieux. Les drogués qui vendaient la came à d'autres consommateurs étaient au bas de l'échelle et empochaient le profit le plus infime parce que personne de mieux placé ne voulait traiter avec eux. Tout ce que je savais sur ce type c'était que Jerry ne pouvait pas le sentir. Ça ne m'aidait pas du tout. D'après mes informations, Jerry ne pouvait pas sentir grand monde.

Mais le coup avait mal tourné et à présent, Jerry et Nadine se planquaient quelque part. Sans doute à New York, mais pas forcément. Ils étaient peut-être planqués dans la grange de la tante de Jerry dans l'Idaho.

J'étais prête à me laver les mains de toute cette affaire. Je n'avais pas vraiment de raison valable de continuer mes recherches. J'avais déjà empoché mille dollars d'avance et le reste… eh bien, même si je trouvais Nadine, qui sait si les Nelson allonge-raient le reste du fric ? Je n'avais aucune raison de le croire, surtout une fois qu'ils l'auraient vue. S'ils pensaient récupérer la Nadine qu'ils connaissaient, ils allaient avoir un choc. Ils s'étaient mis à la recherche d'une étudiante dont le problème le plus sérieux était sa difficulté à s'intégrer au country club de Westchester. D'après ce que j'avais pu glaner jusque-là, si je parvenais à leur ramener quelqu'un, ce serait une droguée qui avait couché avec plus de types que tous les membres du country club réunis. Ils n'en voudraient probablement pas chez eux. Et ce n'est pas comme si je pouvais leur faire un procès s'ils décidaient de manquer à leur parole.

Il vaudrait mieux que je reprenne mon travail habituel, que je me remette à piquer des portefeuilles et à traîner dans les grands magasins. Je devrais peut-être même me servir des mille dollars pour lancer une arnaque de plus grande envergure. M'acheter des vêtements neufs, combiner quelque chose pour ma pomme. Ou alors, me servir du fric pour prendre des vacances. J'avais une copine en Floride chez qui je pouvais passer une semaine. Ou je pourrais rendre visite à un de mes anciens amants à La Nouvelle-Orléans. Je n'y étais jamais allée.

J'avais plein de problèmes de mon côté, et plus je regardais les choses de près, plus j'avais l'impression que cette affaire ne serait pas si facile à résoudre après tout. Il n'y avait pas que ses parents qui la croyaient disparue. Personne ne savait où elle était. Même les amis de Nadine, ou ceux qui lui tenaient lieu d'amis, ignoraient où elle était. La piste s'arrêtait au Royale, à l'endroit même où elle serait la plus difficile à remonter. Il n'y avait grosso modo que dix mille filles qui se prostituaient au quotidien à New York. Autant chercher une aiguille dans une botte de foin. Les flics sauraient peut-être quelque chose, mais c'était peu probable et même si c'était le cas, un flic n'irait jamais me donner un coup de main.

C'était l'impasse. Après tout, si Nadine était dans la merde en ce moment, elle l'avait bien cherché. Elle avait eu pas mal de chance dans sa vie, à vrai dire. Tout lui avait été servi sur un plateau. Elle n'avait jamais eu de problème d'argent, elle était plus jolie que la moyenne et d'après ce que tout le monde disait, elle avait un vrai talent aussi, artistique, je veux dire. Ses parents se souciaient d'elle plus que la plupart des parents se souciaient de leurs gamins. Ma propre mère était aux anges de me voir quitter la maison et j'étais beaucoup plus jeune que Nadine à l'époque. Je lui gâchais toujours son plaisir à m'inquiéter pour les repas, les vêtements et tous ces trucs ennuyeux, et une chose est sûre, elle n'a jamais engagé de privé pour essayer de me retrouver. Quand elle est morte, on ne s'était pas parlé depuis dix ans.

Nadine allait à l'université, bordel de merde. Je n'avais jamais rencontré quelqu'un qui soit allé à l'université. Je n'étais même pas sûre de ce qu'on y faisait. Moi, j'avais arrêté l'école en troisième. Je savais pourquoi j'avais eu ce genre de vie : je n'avais jamais vraiment eu grand-chose à perdre. Et je n'avais jamais été douée pour quoi que ce soit de légal. Mais cette fille, elle avait fichu en l'air ce pour quoi quatre-vingt-dix pour cent des gens seraient prêts à tuer. Ça m'était égal si ses parents lui donnaient la fessée ou si sa mère picolait un peu. Elle n'avait aucune raison de faire ce qu'elle avait fait. Elle n'avait aucun droit de le faire.

De toute façon, je me suis dit qu'elle n'allait pas tarder à rentrer chez elle de sa propre initiative de toute façon. Dès qu'un client la malmènerait ou qu'une fille lui crêperait le chignon, elle rentrerait en chialant à Westchester et ses parents lui paieraient une cure quelque part. Elle aurait droit aux meilleurs médecins et aux meilleurs médicaments et reprendrait sa vie exactement là où elle l'avait laissée. Elle épouserait un des garçons du country club dans une robe blanche et tout le monde oublierait sa petite mésaventure en ville.

Alors, je n'avais pas la moindre raison de m'aventurer plus loin dans cette histoire. Je n'avais pas la moindre raison de poursuivre mes recherches. Je ne lui devais absolument rien.

Qu'ils aillent tous se faire foutre !

Avant de quitter le Royale, je suis allée aux toilettes. Il y avait un petit salon à l'intérieur avec de la tapisserie rose qui se décollait. Le Royale avait été un joli music-hall… il y avait au moins mille ans de ça. L'un des murs était occupé par des toilettes individuelles, un autre par des lavabos et un troisième par des coiffeuses, des chaises et un long miroir. Deux filles étaient assises devant le miroir en train de rire et de se maquiller. Elles approchaient la trentaine, avaient une silhouette juvénile mais le regard mûr, portaient des robes moulantes et trop de maquillage. L'une avait les cheveux teints au henné et ceux de l'autre étaient peroxydés.

Je me suis assise à côté d'elles et j'ai sorti mon poudrier. L'une d'elles, la blonde, m'a souri. Sans réfléchir, je lui ai tendu la photo.

« Ça ne vous dérange pas de me dire si vous les connaissez ? »

Elle a pris la photo pour la regarder. Sa copine a fait de même. Et puis, elles se sont regardées. Leurs sourires avaient disparu.

« Je m'appelle Joey.

– Miriam, a dit la rousse.

– Hazel », a dit la blonde.

Leurs regards se sont croisés dans le miroir. Miriam a fait du genou à Hazel.

« Tu ferais mieux de lui dire, l'a encouragée Miriam. Tu imagines comment tu te sentirais si la même chose lui arrivait à elle ?

– S'il lui arrivait quoi ? j'ai demandé du tac au tac, avant que Hazel ait l'occasion de changer d'avis.

– Eh bien », elle a commencé d'une voix tremblante.

Elle a baissé les yeux sur son maquillage et les a relevés pour regarder dans le miroir. Elle a essayé de sourire. « En fait… disons juste que… »

Elle a laissé tomber pour rebaisser les yeux sur son maquillage. Elle avait envie de me raconter. Elle n'y arrivait pas, c'est tout.

« Qu'est-ce qu'il a fait ? » je lui ai demandé en me tournant vers elle.

Hazel n'a pas répondu, elle s'est contentée d'examiner son maquillage comme si c'était la chose la

100

plus importante au monde. Mais Miriam a répondu à sa place.

« Je vais vous dire ce qu'il a fait. D'abord, il l'a invitée une ou deux fois. À dîner, à aller danser, vous voyez…

– Oh, Miriam », s'est exclamée Hazel en essayant de la faire taire, comme si son amie faisait une montagne d'un détail sans importance.

Mais ça n'a pas marché.

« Et puis un soir, il va la chercher chez elle…

– Miriam, vraiment.

– … et le salaud essaie de prendre certaines libertés, vous voyez ?

– Très bien.

– Bon, c'est pas comme si elle était vierge, a maugréé Miriam, moi non plus, et je parie que vous non plus…

– Ça, c'est sûr.

– Mais vous savez, elle le connaissait à peine et ne l'aimait pas tellement et puis il ne payait pas. Alors, quand elle a dit non, si on sortait plutôt, il a commencé à lui aligner des baffes comme si elle lui appartenait ou je ne sais quoi. Elle a eu un coquard pendant plusieurs jours, elle ne pouvait même pas sortir de chez elle ! Et puis… »

Hazel se poudrait le visage.

« Miriam, vraiment. Allez.

– Et puis il l'a forcée quand même, c'est ça ? j'ai deviné.

– Ouais, c'est exactement ce qu'il a fait, s'est écriée Miriam, hors d'elle. Il l'a forcée à le faire quand même. Avec un œil au beurre noir, la lèvre en sang et tout. Bon, on a toutes eu des rendez-vous difficiles. Mais là, c'était différent, ce type, il était censé être… elle a cherché les termes adéquats. L'un des nôtres.

– Ça s'est passé il y a combien de temps ?

– Deux ou trois mois peut-être ? »

Hazel a levé les yeux. Des larmes lui coulaient sur les joues, creusant des sillons dans le maquillage. « Ouais, elle a confirmé. Deux mois à peu près. » Elle s'est tournée vers le miroir pour se mettre du rouge à lèvres. Miriam et moi avons fait la même chose. Le spectacle était terminé et nous étions redevenues des étrangères.

« Alors, faites attention à vous. Soyez prudente avec ce gus-là. »

Je l'ai remerciée, et j'ai dit que je ferais attention.

Je savais que Nadine n'avait que ce qu'elle méritait. Elle avait voulu vivre dangereusement et c'est ce qu'elle faisait maintenant. Qu'elle se rende compte de ce qu'était cette vie-là. Qu'elle dise adieu à son joli minois à force de se faire tabasser. Qu'elle perde quelques dents, toute sa fierté et toutes les bonnes manières apprises en cours de maintien. Ses études universitaires n'allaient pas lui servir à grand-chose dans le coin. Et si elle croyait que c'est en faisant un joli dessin qu'elle allait dissuader un flic qui exigerait une passe à l'œil, elle pouvait toujours essayer. Ce joli minois ne ferait qu'attiser la haine des filles et chez les hommes, l'envie de la faire souffrir.

Elle ne valait pas mieux que moi ni personne

d'autre. Alors, pourquoi elle aurait pas eu ce qu'elle méritait ? Pourquoi pas, bordel ?

Je n'avais pas la moindre raison de poursuivre mes recherches. Pourtant, ça ne m'a pas empêchée de le faire.

10

Quand je suis arrivée chez moi, Lavinia m'a transmis un message de la part de Jim : si j'avais envie de le voir, il serait à Chinatown, Chez Chan, vers vingt et une heures. J'y suis arrivée à vingt et une heures quinze. Jim était assis avec monsieur Chan en train de lui donner quelques tuyaux boursiers. Dans mes plus lointains souvenirs et sans doute même avant, le restaurant de Chan existait déjà, son ouverture devant probablement remonter à avant ma naissance ; par conséquent, le patron connaissait à peu près tout le monde à New York. Il devait être vieux comme Hérode mais n'avait pas l'air beaucoup plus âgé que Jim. Monsieur Chan était un type bien : quand vous étiez malade, il vous concoctait un bol de soupe au goût atroce mais qui vous mettait dans une forme éblouissante ; si vous étiez un peu à court de liquide, il vous faisait crédit jusqu'à ce que vous soyez de nouveau solvable.

« Écoute, expliquait Jim. Si tu n'as pas encore investi dans Pittsburgh Industrial, c'est le moment de le faire. Fais-moi confiance sur ce coup-là, Chan, j'ai pas envie que tu prennes un bouillon.

– Ouais, c'est ça. La dernière fois que je t'ai écouté, j'ai perdu ma chemise en Bourse. »

Je me suis assise à leur table. « Salut, Jim. Comment va, monsieur Chan ? »

Ils se sont tous les deux à moitié levés de table avant de se rasseoir. « Josephine, a dit Chan, tu écouterais les conseils de ce pourri, toi ? »

J'ai haussé les épaules. Je ne savais pas si Jim essayait d'arnaquer monsieur Chan ou de lui donner des tuyaux fiables. La vente de fausses actions avait appris à Jim deux ou trois choses sur les vraies et il avait lui-même quelques placements en Bourse. « Moi, je l'écoute, j'ai répondu. Mais je ne sais pas si c'est une bonne idée. »

Chan a éclaté de rire avant d'aller chercher notre repas. Jim m'a demandé où j'en étais de mes recherches. Je lui ai raconté ce que j'avais fait jusque-là, c'est-à-dire grosso modo, courir d'une impasse à une autre. Albert, l'un des fils de Chan, nous a apporté une marmite de soupe et deux bols. Comme Chez Lenny, on ne commandait jamais rien ici. Jim venait Chez Chan depuis vingt ans et on lui servait toujours ce qu'il y avait de mieux.

Une fois Albert parti, Jim a servi la soupe en disant : « Bon, si tu as envie de retrouver une droguée, pourquoi tu ne vas pas là où on trouve la drogue ? »

Je l'ai regardé. De la drogue, il y en avait partout.

Il a soufflé sur sa soupe pour la faire refroidir.

« Quand tu te piquais, où est-ce que tu passais le plus clair de ton temps ?

– Hmm », j'ai répondu.

J'étais déjà allée chez Paul. Mais ça, ce n'était rien. En ville, il y avait tout un univers de la drogue qui ne se limitait pas à un seul quartier. C'était comme un chapelet d'îles disséminées dans toute la ville où les drogués et les revendeurs se retrouvaient. Un de ces îlots se trouvait sur la Cent Troisième Rue. Il y en avait un autre plus bas, à l'intersection de la Soixante-Dix-Septième et de Broadway, un autre au niveau de la Quarante-Deuxième, puis de la Quatorzième. Dans la Soixante-Dix-Septième, il y avait surtout des Portoricains et sur la Cent Troisième des vieux de la vieille. La faune qui fréquentait la Quarante-Deuxième Rue Ouest était plus violente, je ne voyais pas Nadine là-bas ; en revanche, dans la partie est, c'était un peu plus mélangé, tout un tas de gens différents s'y rendaient...

J'ai été surprise de voir avec quelle facilité ça me revenait. Je m'étais efforcée d'oublier mais je connaissais toujours l'autre ville, la ville de la dope comme ma poche.

· « Tu sais que tu es très malin des fois. » J'ai goûté la soupe et me suis brûlé la langue. J'aurais dû souffler dessus avant.

« Tu n'es pas bête toi non plus », il a répondu. Nous avons passé le reste du dîner à parler d'une lettre que Gary venait d'envoyer à Jim. Il venait en ville dans un mois pour travailler sur une affaire de placements pour le compte de gros avocats – il en avait rencontré un sur un paquebot en route pour l'Angleterre et le premier gogo lui avait amené le reste des pigeons. Gary avait déjà recruté quelques complices, des types qui joueraient le rôle d'investisseurs comblés, et il voulait que Jim se joigne à eux. Jim avait dû aller s'acheter des costumes neufs en flanelle grise pour l'occasion. L'un des comparses avait déjà loué un bureau que Jim l'aiderait à meubler pour qu'il ait l'air d'une maison de courtage.

J'ai écouté d'une oreille tout en finissant de dîner. Jim a payé l'addition, nous sommes sortis, et nous avons marché en direction de Broadway.

Nous avions déjà parcouru la moitié du pâté de maisons quand j'ai eu une idée. Je me suis arrêtée et suis retournée sur mes pas jusqu'à Chez Chan. Il était à la caisse en train d'enguirlander un autre de ses fils en chinois. J'ai attendu qu'il ait fini. Et puis je lui ai montré la photo de Nadine et de McFall en lui demandant s'il les connaissait.

Il a regardé la photo et s'est renfrogné.

« Lui, je le connais. Pas elle. Il n'a plus le droit de mettre les pieds chez moi, plus jamais.

– Pourquoi ?

– Il a amené une fille ici, elle lui ressemblait mais ce n'était pas la même. La fille s'est trouvée mal dans les toilettes. À cause de la drogue. On a dû appeler une ambulance. Et lui, il l'a laissée là. Il l'aurait laissée crever toute seule. Ma femme, elle est restée avec la fille jusqu'à l'arrivée de l'ambulance. Tu le connais ?

– Pas exactement. J'essaie de le retrouver.

– Si tu veux un conseil, arrête de chercher. C'est pas le genre de type que tu as envie de retrouver. »

11

Bryant Park avait dû être un joli parc autrefois. Deux pâtés de maisons de large sur deux de long avec des bancs et du gazon où les mères de famille pouvaient venir promener leurs enfants, leurs chiens et le week-end, leurs maris. Il devait certainement y avoir une pelouse épaisse, des bancs propres, de grands arbres magnifiques pour faire de l'ombre et peut-être des fleurs aux couleurs vives au printemps. Il se trouvait derrière l'antique et imposante bibliothèque publique, la fameuse bibliothèque aux statues de lions à l'angle de la Cinquième Avenue et de la Quarante-Deuxième Rue. La bibliothèque avait dû être belle elle aussi, autrefois. Je suppose que c'était encore un endroit potable pour les hommes aujourd'hui. Jim y allait plusieurs fois par semaine et disait que c'était l'un de ses endroits préférés en ville.

Moi, j'étais allée à la bibliothèque une fois et en une journée, j'en avais vu autant de l'anatomie masculine que toute ma vie jusque-là. Je me disais que j'allais me mettre à lire pour me distraire après avoir arrêté la came, vu que j'avais du temps libre. Après ma visite à la bibliothèque, j'ai décidé de me consacrer au vol à la tire. Les pervers étaient chez eux à la bibliothèque comme les drogués à Bryant Park. Le parc, c'était le lieu où ils venaient profiter du beau temps, faire affaire et se tenir au courant des ragots. Et désormais, personne ne s'embêtait à entretenir la pelouse, tailler les arbres ou planter des fleurs. Le moindre recoin du parc empestait l'urine, les bancs tombaient en ruine et aucune personne saine de corps et d'esprit n'aurait songé à le traverser.

Je passais beaucoup de temps à Bryant Park autrefois, mais je n'y étais pas venue depuis quelques années. Quand je suis arrivée, tous les camés m'ont dévisagée en essayant de déterminer qui j'étais et ce que je voulais. Il y avait un soleil éclatant et ils m'ont tous regardée en plissant les yeux pour se protéger de la luminosité comme s'ils n'étaient pas habitués à la lumière du jour.

J'ai fait le tour jusqu'à ce que je tombe sur quelqu'un que je connaissais. Monte. Il était assis sur un banc à l'ombre d'un grand arbre en train de fumer une cigarette. Il portait un costume d'été marron clair avec quelques taches dessus et un chapeau à large rebord qui avait l'air d'avoir coiffé une bonne douzaine de types avant qu'il en hérite. Ça devait bien faire trois ans que je ne l'avais pas vu en personne, mais il avait l'air d'avoir pris trente ans depuis la dernière fois, et ce n'était pas un compliment. Il ne devait pas peser plus de quarante-cinq kilos. Il était dégarni, avait égaré une de ses incisives et arborait une nouvelle cicatrice près de l'oreille gauche, sans doute héritée d'une bagarre à l'arme blanche.

Monte, c'était mon mari.

Je l'ai observé un moment avant qu'il ne me voie et il s'est passé quelque chose de bizarre. Tout d'un coup, je n'ai plus vu ce vieux drogué vêtu d'un costume élimé mais un homme dix ans plus jeune avec vingt kilos en plus, vingt kilos de muscles. Il portait un costume impeccable, comme toujours, repassé le matin même, avec un mouchoir immaculé dans la poche poitrine de sa veste. Il avait beau peigner ses épais cheveux blonds en arrière, ils lui tombaient toujours dans les yeux parce qu'il ne pouvait pas se tenir tranquille, qu'il était toujours debout en train de s'agiter, ne serait-ce que pour ranger un tas de papiers, tapoter du bout des doigts sur la table tout en mettant au point son dernier plan en date.

Et il y en avait toujours un nouveau, il ne lui fallait que quelques semaines pour en élaborer un. Au début, Monte ne pensait qu'à se faire un peu de fric pour pouvoir se tirer de Hell's Kitchen. Il allait trouver un boulot dans une usine quelque part, ou dans le commerce ; le commerce, c'était un bon plan parce que plus on travaillait, plus on était susceptible de gagner. Monte connaissait un type qui bossait chez un concessionnaire Cadillac dans le New Jersey et si ce type le faisait embaucher, il était sûr de pouvoir se faire cent dollars par semaine.

Ensuite, il avait fallu trouver un moyen de dégoter du fric pour acheter la came. Il fallait que ce soit un gros coup parce que Monte n'était plus capable de garder un boulot normal. Il y avait une baraque à l'angle de la Quatre-Vingt-Deuxième et de Park Avenue qui nous tendait les bras. Un vieux couple, riche comme Crésus qui laissait toujours la fenêtre ouverte la nuit. Le seul problème, c'était de trouver comment accéder au troisième étage sans se faire repérer. Une autre fois, Monte allait réussir un coup avec quelques gars du quartier. Ces gars-là, ils savaient quand le revendeur de came venait faire son ramassage hebdomadaire. Ce serait facile, tout ce qu'ils avaient à faire, c'était de le coincer tout seul et l'argent était à eux. Mille dollars chacun au bas mot.

Assez vite, Monte ne parlait plus que de décrocher. Le grand jour, c'était toujours demain ou un jour de la semaine suivante. Jamais le jour même. Il était persuadé que si on préparait un mélange de came et d'eau, qu'on se l'injectait tel quel en augmentant progressivement la proportion d'eau jusqu'à ne plus s'injecter que de l'eau pure tous les jours, et tout ça sans jamais souffrir, on y arrivait. Ou alors le plan, c'était d'aller à Lexington, dans le Kentucky, où il y avait un hôpital qui vous administrait un remède capable de vous dégoûter de la dope à vie. La semaine prochaine, peut-être. Ou celle d'après.

Et au bout d'un moment, le plan ne consistait plus qu'à se lever le matin. Le plan c'était : aujourd'hui, je vais me lever. Cet après-midi, je vais prendre un bain. Je vais me coiffer. Arrivé à ce point-là, enfiler un costume propre était devenu aussi abstrait que travailler à la concession Cadillac.

On s'était séparés environ cinq ans plus tôt, au cours d'une des autres périodes où j'avais décroché.

Ça n'avait pas marché cette fois-là – décrocher, je veux dire –, mais j'avais fait le bon choix en quittant celui qui m'avait mis le pied à l'étrier. Pas parce que je lui en voulais ni parce que je lui voulais du mal ni parce que je ne l'aimais plus, parce que rien de tout ça n'était vrai. Il fallait simplement que je le fasse. Je n'avais pas le choix.

« Monte.

– Joe ! »

En me voyant, il a souri et s'est levé pour me prendre dans ses bras. Je l'ai enlacé et j'ai senti ses omoplates et ses vertèbres à travers son costume.

« Bon Dieu, Monte, tu es un vrai sac d'os. »

Il a ri et on s'est assis sur le banc.

« Je sais, je suis un peu mince, il a répondu en me regardant. Tu as l'air en forme, Joe, vraiment. Ça se voit que tu es clean.

– Ouais. Ça fait deux ans maintenant. »

Monte a souri ; les dents qui lui restaient étaient jaunes et ébréchées, mais il avait toujours un joli sourire. Sincère.

« Je suis tellement content, Joe. Tu sais, je n'ai jamais voulu…

– Je sais, j'ai dit. Je sais. C'est ma faute, ma faute à moi et à personne d'autre. Comment ça va ? Tu t'en sors bien ?

– Bien sûr. Ça va. Pas trop mal. Et toi ? Qu'est-ce que tu fais maintenant ?

– Je bricole à droite à gauche, j'ai répondu en haussant les épaules. J'ai fait un tour chez Tiffany's la semaine dernière, je m'en suis très bien sortie.

– C'est extra. Alors, tu continues les mêmes combines qu'autrefois ?

– Ouais, ouais.

– C'est bien, il a fait en hochant la tête. C'est bien.

– Hé, j'ai vu Yonah l'autre jour.

– Ah ouais ? Comment il s'en sort, ce vieux pourri ?

– Oh, ça va. Il ne change pas. Toujours le même vieux Yonah.

– Hé, comment va Shelley ? J'ai vu sa photo dans le journal ce matin. Une pub pour du savon ou un truc comme ça.

– Elle va bien. Elle va bien.

– Elle te donne un coup de main ? Elle te file un peu de fric ?

– Non. Pourquoi elle le ferait ?

– Sans toi, cette gamine serait morte. Morte cent fois. Sans toi…

– Bon, bon. Je sais que tu ne l'aimes pas. Tu ne l'as jamais aimée.

– Oh, non, c'est pas ça, s'est défendu Monte avec un haussement d'épaules. Je pense que tu en as assez fait pour elle, c'est tout. Quand est-ce qu'elle va te renvoyer l'ascenseur ? »

Je me suis raidie.

« Qu'est-ce que tu crois, qu'elle se fait des millions en posant pour des publicités dans les journaux ? Elle gagne sans doute moins que toi. Et puis elle ne me doit rien.

– Elle te doit rien… »

114

Je l'ai interrompu avant qu'il aille plus loin. « C'est bon. Ça suffit. »

On n'a rien dit pendant un moment. Et puis Monte a éclaté de rire.

« C'est comme si on était encore mariés. On se dispute à cause de Shelley.

– Ouais, c'est vrai », j'ai répondu en riant moi aussi.

Nous nous sommes de nouveau tus pendant un moment.

« Oh, il y a ce nouveau truc sur lequel je travaille, j'ai fini par dire. Je suis à la recherche d'une fille. Ses parents m'ont payée pour la retrouver. Je me disais que tu l'avais peut-être vue.

– Ça a l'air bien. Tu te fais un peu de fric ?

– Ouais, c'est pas mal. »

Je lui ai montré la photo de Nadine et McFall. Il a fait une drôle de tête, comme s'il venait de marcher dans une merde, une expression que je commençais à associer systématiquement à McFall.

« Bien sûr que je connais Jerry. Un vrai numéro celui-là.

– Il traîne dans le coin ?

– Ça arrive. Pas souvent.

– Tu sais où il se procure sa came ? »

Monte a posé la main sur son genou et on a arrêté de parler un moment, pendant qu'un type en costume gris impeccable passait à côté de nous. On ne savait jamais de quoi un flic pouvait avoir l'air. Mais celui-là, c'était évident qu'il n'était pas l'un des nôtres.

« C'est drôle, s'est exclamé Monte en haussant les

épaules une fois le type parti, je ne sais pas où il se la procure. Tu vois, il en a toujours et d'après ce que je sais, elle ne vient pas des revendeurs habituels, ni des types de Brooklyn ni de Harlem ni personne que je connais. Mais c'est de la bonne.

– Tu lui en as déjà acheté ? »

En général Monte vendait la dope lui-même. C'était comme ça qu'il s'en sortait.

« Bien sûr, quand j'étais à sec.

– Bon, et comment tu l'as contacté ? Tu as un numéro de téléphone ou quelque chose comme ça ?

– Oh, non, il a répondu avec un haussement d'épaules, je suis juste tombé sur lui, c'est tout.

– T'aurais pas un tuyau ? »

Monte a réfléchi un moment. Il a penché légèrement la tête sur la droite, comme il le faisait toujours, et l'espace d'un instant, j'aurais pu jurer qu'on se retrouvait quinze ans plus tôt, qu'on était des gamins et qu'on venait à Bryant Park pour la première fois. « Ça lui arrive de traîner avec un type que tu connais : Harry l'Échalas. Je crois que McFall l'a embauché pour faire des livraisons, ce genre de chose. »

J'ai souri à pleines dents.

« Bon Dieu, Joe, tu as l'air bien contente de toi. »

Tu parles, que j'étais contente de moi. En ce qui me concernait, l'affaire était résolue. Les mille dollars étaient pratiquement à moi.

« Tu sais où je peux trouver Harry ?

– Bien sûr, a dit Monte. Il est au Red Rooster sur la Quatorzième à peu près tous les soirs. Hé, en parlant de Harry, tu te souviens de cette fois à Buffalo… »

Il s'est mis à rire.

J'ai ri, moi aussi. « Oh, évidemment. Cette fouine croyait vraiment nous avoir eus… »

C'était tout ce que Monte avait à dire au sujet de Jerry McFall. Et il n'avait jamais vu Nadine de sa vie. On a discuté encore un moment, échangé de vieilles histoires et partagé quelques nouvelles anecdotes. J'ai fait comme si j'avais affaire au même vieux Monte et lui, je suppose, a fait comme si j'étais la même bonne vieille Joe. Comme on était resté ensemble près de dix ans, c'était facile. Facile de faire comme si Monte était jeune, fort et malin comme un singe. Qu'il avait encore toutes ses dents et sa cervelle intacte et que ses années de dépendance n'avaient laissé aucune trace. Qu'il en avait marre de Bryant Park et de tous les camés, qu'il allait arrêter dès demain – peut-être pas demain, demain ne valait rien, mais la semaine prochaine, à coup sûr. Que cette nouvelle méthode allait vraiment marcher, qu'il allait diminuer progressivement en n'étant presque pas malade. Qu'il allait trouver un boulot dans une usine de Brooklyn où travaillait son cousin qui arrangerait le coup à Monte. Que cette fois, ce serait différent, que cette fois, ça allait marcher.

Et c'était facile de faire comme si j'étais toujours en train d'écouter. Je faisais oui de la tête quand il me parlait d'arrêter. Bien sûr que je le croyais, bien sûr que oui ; pourquoi je ne l'aurais pas cru ? Je n'avais jamais entendu ça de ma vie, moi. Ce n'est pas comme si je n'avais pas répété tout ça des milliers de fois moi aussi, en mon temps. Parce que le truc c'est que, quand on y croit, on arrête d'en parler. Quand j'ai fini par arrêter, je n'en ai pas dit un mot. Je l'ai fait, c'est tout. C'est comme si en en parlant, on se débarrassait de cette idée et qu'on pouvait l'oublier pendant un temps. Parler d'arrêter constituait un chapitre à part entière dans la longue conversation sur la drogue, au même titre que les chapitres scientifiques et financiers.

Ce n'était pas la drogue en soi qui empêchait Monte de décrocher, qui rendait tout ça impossible. Il pouvait parler du manque en long, en large et en travers mais au fond, l'expérience n'était pas si pénible. Une semaine en enfer, ce n'est pas tellement long. Ce qui l'en empêchait, c'était l'affreuse solitude qui l'attendait en franchissant le cap, l'absolue solitude. Ici, avec les autres camés, Monte était chez lui. Les gens le connaissaient. Même lui savait qui il était. Si Monte n'avait pas été accro, il n'aurait pas valu mieux que ces pauvres crétins de Hell's Kitchen qui ne faisaient rien de leur vie. Il n'aurait été qu'un de ces pauvres types qui travaillent comme des abrutis toute la journée et passent leurs soirées à boire de la bière.

C'est pour ça qu'on commence et c'est pour ça qu'on s'y tient, pour être enfin quelqu'un : un drogué.

Après avoir quitté Monte, j'ai fait le tour de tous les vendeurs de journaux de Times Square pour dégoter un canard dans lequel paraissait la publicité pour le savon. Des bulles de savon couvraient les épaules de Shelley. On la reconnaissait plus facilement sur cette photo-ci. Elle avait l'air narquois, comme si elle s'en sortait à bon compte après avoir fait une bêtise, un air que j'avais vu cent fois. « Il ne s'agit pas d'un simple bain moussant », annonçait la légende imprimée en caractères sophistiqués sous sa photo. « C'est aussi un SOIN DE BEAUTÉ ! »

Chez moi, j'ai soigneusement découpé la photo que j'ai rangée dans l'album de Shelley à côté de la publicité pour la robe que Yonah m'avait donnée. Je ne me suis accordé que quelques minutes pour feuilleter l'album avant de me lancer à la recherche de Harry.

12

Tu parles d'un bouge. Pas d'orchestre. Rien à manger. Le Red Rooster était un bar de la Quatorzième Rue situé dans une longue salle étroite meublée d'un comptoir et de quelques tables. Un juke-box au son pourri jouait un air de swing. L'endroit était à moitié plein et la clientèle avait l'air dur à cuire : elle était composée d'une ou deux femmes, sûrement des putes, d'une dizaine de types en costumes râpés et autant en bras de chemise, et d'une poignée de jeunes voyous en salopette et maillot de corps.

J'ai tout de suite repéré Harry l'Échalas, assis tout seul à une table du fond. Harry l'Échalas ne méritait plus vraiment son surnom maintenant qu'il approchait de la cinquantaine. Mais il ne changeait pas : c'était toujours la même ordure que j'avais rencontrée en 1939. Ses cheveux, qu'il plaquait en arrière avec de la brillantine, étaient plus clairsemés ; il portait une chemise et un pantalon d'une couleur indéfinissable avec une veste de chasse à carreaux rouges et noirs. Ses petits yeux de fouine étaient rivés sur un bock de bière. Le visage de Harry s'est vidé de toute expression quand il m'a remarquée et il a cherché du regard la sortie la plus proche, mais avant qu'il ait pu s'enfuir en courant, je me suis approchée et l'ai cloué à sa chaise en lui plaquant la main sur l'épaule.

Je me suis assise à côté de lui en continuant à lui serrer l'épaule. « Harry », j'ai dit. À son air, j'ai su que ça allait être facile.

« Écoute, Joe, tu crois que je t'ai baisée cette fois-là à Buffalo, je le sais…

– Pas du tout, Harry : je sais pertinemment que tu m'as baisée cette fois-là à Buffalo. Je sais que tu m'as piégée, je sais que tu me dois un paquet de fric comme t'es pas prêt d'en revoir de sitôt. Et toi aussi tu le sais. J'ai entendu dire que tu avais tout refilé à une fille pour qu'elle te fouette. C'est dégoûtant, Harry. Cela dit, ce n'est pas ce qui m'amène ici.

– Vraiment ? il a répondu, étonné.

– Non, j'ai juste besoin d'un service. On est amis, n'est-ce pas, Harry ?

– Oui, bien sûr, Joe. »

Il avait l'air à deux doigts de se faire dessus.

« Et tu peux me rendre un service, n'est-ce pas ? Ce serait bien d'oublier ce coup à Buffalo une fois pour toutes, tu ne crois pas ?

– Bien sûr, Joe, évidemment, il s'est empressé de dire. N'importe quoi, je suis d'accord.

– Alors voilà. Jerry McFall. Tu connais ce type ?

– Ouais, je le connais.

– Bon. Il est où ? »

Harry a hésité. J'ai vu à son regard qu'il était en train d'inventer un mensonge et je ne voulais pas lui laisser le temps de le peaufiner.

« Allez, Harry, pas besoin d'y réfléchir. Tu veux qu'on soit quittes ou tu veux passer le restant de tes jours à surveiller tes arrières ?

– On serait quittes pour de bon ? il a voulu savoir en fronçant les sourcils.

– Absolument, Harry », j'ai menti.

Ça n'arriverait jamais.

« Mais il faut que tu me dises où il est et il faut me dire la vérité.

– C'est juste qu'il m'a demandé, il m'a vraiment fait promettre de ne le dire à personne…

– Mais ça ne me concernait pas moi, Harry, tu le sais. Je ne compte pas. Tu ne romprais pas du tout ta promesse. »

Harry s'est affaissé sur sa chaise. Je lui ai serré l'épaule.

« Ouais, d'accord, il a dit au bout d'un moment. Aux dernières nouvelles, il créchait dans une piaule de Sunset Park.

– Sunset Park ? Où diable est-ce que ça peut bien être ?

– À l'angle de la Quarante-Cinquième Rue et de la Cinquième Avenue, à Brooklyn. Je me rappelle pas du numéro mais c'est un immeuble en briques, des appartements, juste à l'angle.

– Tu y es allé ?

– Ouais, j'y suis allé, il a soupiré. Il y a quelques jours. Je suis passé dire bonjour, pour bavarder entre potes, tu vois ? Et pour lui amener des fringues et d'autres trucs.

– Qu'est-ce qui se passe ? Pourquoi il se planque comme ça ?

– D'après ce qu'il m'a dit, quelqu'un croit qu'il l'a arnaqué, a dit Harry, l'air narquois. Dans une vente de came, tu vois ? Bien sûr, il a dit qu'il avait rien fait mais qu'il voulait quand même donner à tout le monde le temps de se calmer.

– C'était qui ? Qui est-ce qu'il a arnaqué ?

– Il ne l'a pas dit.

– Mais évidemment, il n'a rien fait, c'est ça ?

– Je sais pas, c'est ce qu'il prétend, a répondu Harry, amusé.

– Est-ce qu'il y avait une fille, une certaine Nadine, avec lui ?

– Ouais, il a une fille avec lui. Une jolie petite blonde, jeune, vraiment mignonne. »

Harry a eu l'air absent en pensant à la jolie petite blonde de Jerry. C'était assez écœurant.

« Très bien, j'ai dit, exaspérée, en me levant pour sortir. Ça a intérêt à valoir le coup.

– Alors, ça y est ? a voulu savoir Harry en m'adressant un regard inquiet. Je veux dire, tout est réglé entre nous maintenant, c'est ça ?

– Va au diable, Harry. Rien ne sera jamais réglé. »

13

Jim vivait dans la Cinquième Avenue, au nord de Washington Square Park, dans un immeuble de standing qui n'avait qu'un an. Toute la devanture du hall d'entrée était en verre et ressemblait à un aquarium. Jim n'y resterait pas longtemps. Il déménageait deux ou trois fois par an, au gré de ses contrats, de ses moyens, de ses envies et de qui il avait envie d'être ou de paraître.

Le portier a appelé son appartement *via* l'intercom et lui a dit en gardant son sérieux qu'une mademoiselle Marlène Dietrich souhaitait le voir. Jim lui a dit de la faire monter. Il a naturellement pris le temps d'enfiler une veste et de coiffer un chapeau avant d'ouvrir la porte.

Il a souri en voyant qui c'était. Il était de bonne humeur. Cela aiderait.

« Hé, Marlène. Je t'offre un verre ou autre chose ?

– Non, merci. Par contre, j'avais espéré que tu pourrais me rendre un service. »

Je me suis dit que je ferais mieux d'y aller en douceur. Pour Jim, sa voiture, c'était sacré.

« Tout ce que tu voudras, Joe. Entre. » Je l'ai suivi

à l'intérieur. Son appartement était plutôt vaste et arrangé avec goût – salon aménagé en contrebas, électrophone dernier cri qui jouait des quarante-cinq tours et mobilier neuf exclusivement, tellement profilé qu'on aurait dit que le canapé et les fauteuils étaient prêts à décoller. Je me suis installée sur un canapé en cuir turquoise pendant que Jim me préparait un verre au bar.

Il m'a rejoint sur le canapé avec des verres décorés de coquillages dorés et turquoise.

Je me suis lancée :

« Bon, j'ai enfin un bon tuyau sur Nadine Nelson.

– Fantastique ! » s'est exclamé Jim en souriant et en trinquant avec moi.

Il avait l'air sincèrement content pour moi. « Comment tu as fait pour la retrouver ? »

Je lui ai parlé de Harry l'Échalas et de notre folle soirée ensemble. Jim connaissait Harry et a ri tellement fort qu'il a failli recracher sa boisson.

« Alors, le truc, c'est que, d'après Harry, ils sont à Brooklyn. Au fin fond de Brooklyn, tu vois. Je ne suis même pas sûre que le métro aille si loin. »

Jim a cessé de rire.

« Et j'ai vraiment besoin d'y aller le plus vite possible. »

Il a cessé de sourire.

« Alors, j'espérais pouvoir t'emprunter ta voiture quelque temps. »

Il a baissé les yeux en réfléchissant un moment.

« Je pourrais t'appeler un taxi, il a proposé. Je peux même te payer la course. Un taxi t'amènera jusque là-bas sans problème.

– C'est ça. Merci. C'est vraiment gentil à toi. Le problème, c'est qu'un taxi ne passerait pas du tout inaperçu là-bas. Tu vois, je vais peut-être devoir rester en planque devant l'immeuble un moment, attendre qu'ils sortent. Je n'ai pas envie de leur faire peur. Il faut que je dise aux parents où crèche leur fille tant qu'elle y est encore. S'ils se tirent, je retourne à la case départ. C'est pour ça que je ne veux absolument pas qu'ils voient un taxi en train d'attendre devant chez eux.

– C'est vrai, tu as raison. Mais tu sais, la Rocket 88 ne va pas passer inaperçue non plus. Tu comprends, une voiture neuve, dans un quartier pareil.

– D'accord, mais pas vraiment. Pas tant que ça.

– Tu n'as jamais eu d'accident, hein ?»

Il n'aurait pas pu être plus sérieux. Il adorait sa voiture.

«Aucun. Pas même une amende, j'ai menti.

– Tu es sûre ?»

J'ai sorti mon permis de mon sac pour le lui montrer. «Appelle la préfecture.» Il était trop tard pour appeler la préfecture. Si ça n'avait pas été le cas, je ne lui aurais pas conseillé de le faire.

Jim a ri tout en lançant tout de même un coup d'œil au téléphone.

«Bon, il a dit au bout d'un moment. Mais tu vas conduire tranquillement…

– Je ne dépasserai pas la limite de vitesse, je lui ai promis.

– Et tu feras attention en te garant.

– Je ne me garerai pas à moins de trois mètres d'une autre voiture.

– Et pas d'alcool, il a dit d'un ton sévère. Ni alcool ni nourriture ni cigarette, rien de ce genre.

– Jim, je vais traiter ta voiture comme la chair de ma chair.

– Bon, bon. »

Jim a poussé un long soupir en essayant de ne pas froncer les sourcils.

« Fais chauffer le moteur d'abord. Et fais gaffe où tu te gares. Essaie de ne pas la garer dehors. Et n'oublie pas de verrouiller les portières si tu t'en éloignes. Mais ne t'en éloigne pas, Joe. Ne laisse pas la voiture sans surveillance. À moins de ne pas avoir le choix. Et appelle-moi quand tu reviens en ville. Juste pour me dire que tu n'as rien.

– Que la voiture n'a rien, tu veux dire.

– Non, que toi tu n'as rien. »

Jim a insisté pour m'inviter à dîner avant que je mette les voiles pour Brooklyn. Mais comme je ne voulais pas tarder, et même si Jim avait voulu aller souper à La Bouche, le meilleur endroit où aller en fin de soirée quand on aime la cuisine française à base d'escargots ou de foie, il s'est décidé pour une gargote de Sheridan Square ouverte toute la nuit. L'endroit n'était pas à la hauteur de ses critères habituels. Le café était affreux et la serveuse ne connaissait pas son prénom. À l'autre bout de la pièce, un type racontait tout fort comme il s'était bien amusé avec Rita Hayworth à Cannes.

« Bon Dieu, s'est écrié Jim en se renfrognant devant son omelette, c'est qui ce type qui essaie de nous en mettre plein la vue ?

– Je sais pas, j'ai dit la bouche pleine. Laisse tomber.

– Non mais, pour qui il se prend celui-là ? a grogné Jim. Où il se croit, celui-là ? Au Stork Club ?

– Je. Sais. Pas », j'ai articulé.

Jim a tendu le cou pour lancer un regard assassin au type. « Hé, il a dit en se retournant, c'est pas Shelley, là ? »

J'ai regardé à l'autre bout de la pièce où le gars qui racontait l'histoire était installé. C'était un homme d'un certain âge en costume trois pièces noir, bedonnant et à moitié chauve, qui portait un gros diamant épinglé à sa cravate et un diamant encore plus gros à son petit doigt. À sa table, j'ai vu Shelley.

Du moins, c'est ce que j'ai cru. Et puis quand j'ai de nouveau regardé, je n'ai plus été si sûre. Elle ne ressemblait pas beaucoup à Shelley. Elle ressemblait plutôt au modèle en robe noire de la publicité que Yonah m'avait donnée. Elle avait les cheveux courts et peroxydés et était vêtue d'une robe noire toute simple avec un minuscule chapeau noir posé sur ses cheveux blancs. Elle portait un rouge à lèvres rouge brillant et un petit peu de maquillage noir autour des yeux. Elle a ri en entendant l'histoire du type comme si c'était l'anecdote la plus drôle qu'elle ait jamais entendue et s'est penchée vers lui en restant bien droite et en bombant la poitrine.

C'était bien Shelley. Mais c'était comme si elle était allée dans une espèce d'établissement thermal où on l'aurait débarrassée de la plus infime trace de Hell's Kitchen qu'elle avait en elle. C'était elle mais sans l'être.

J'étais en train de me demander si je devais la saluer quand elle a fini par me remarquer. Elle a haussé les sourcils, l'air surpris – je suppose que j'étais la dernière personne qu'elle s'attendait à voir – et puis elle a esquissé un sourire en désignant les toilettes pour dames d'un hochement de tête. J'ai attendu qu'elle se lève avant d'en faire autant et nous nous sommes retrouvées devant les lavabos.

Nous nous sommes embrassées. Ça faisait près d'un an que je ne l'avais pas vue. Shelley était ma sœur. Elle avait cinq ans de moins que moi et pendant longtemps, elle avait donné l'impression qu'elle finirait comme moi. Elle traînait avec les mêmes gens, avait le même genre d'ennuis et sniffait la même came que moi. Mais chose étonnante, pendant que j'étais occupée à me demander où me procurer ma prochaine dose, elle s'en était sortie. Elle avait arrêté de traîner avec notre vieille bande. Elle avait quitté Hell's Kitchen, le quartier où nous avions grandi, et trouvé un boulot de préposée au vestiaire dans un restaurant qui faisait cabaret où elle avait fait les bonnes rencontres. Aujourd'hui, mon album était pratiquement plein de photos d'elle tirées de magazines et de programmes des spectacles dans lesquels elle avait joué. Elle avait même fait faire des photos, des portraits sur papier glacé, où elle apparaissait le visage recouvert d'une épaisse couche de maquillage, des portraits marqués à son nom, son nom de scène : Shelley Dumere. Je suppose que Flannigan sonnait trop peuple et en outre, ça ne servirait à rien ni à personne de savoir à qui elle était apparentée ni qui elle avait été autrefois.

« Bon sang, Joe », elle a dit avec un grand sourire comme celui de la photo. Un sourire factice. « Ça me fait plaisir de te voir. Mais je n'ai qu'une minute à te consacrer. » Elle s'est mise à retoucher son maquillage en se regardant dans le miroir. Je me suis appuyée au mur pour la regarder. Elle ne se repoudrait pas le visage contrairement à la plupart des femmes mais procédait par petite touche, avec précaution, comme si elle peignait un tableau.

« Qui est ce type ? » je lui ai demandé sans pouvoir m'empêcher de sourire. J'étais contente de la voir.

« Il produit une émission, elle a dit, enthousiaste. Pas un spectacle. Ça, c'est rien de nos jours. Une émission de télévision !

– C'est épatant. De quel genre de rôle il s'agit ?

– C'est une nouvelle émission. Elle passera tous les jeudis soir à vingt heures, elle fait partie de « L'heure familiale » sponsorisée par les céréales Vita-Crunch. Ils n'ont pas encore choisi de titre, mais elle raconte la vie de cette nana un peu cinglée, une femme au foyer, et toutes les choses rigolotes qu'elle fait. Tu vois, comme faire brûler le dîner de son mari et ce genre de truc. Je crois que je suis parfaite pour le rôle ! elle m'a lancé en se regardant dans le miroir et en se souriant. Tu sais, il y a beaucoup d'acteurs au chômage dans cette ville, Joe. Je connais des gens qui seraient prêts à tuer pour n'importe quel rôle. C'est pas facile d'en dégoter un comme ça.

– Tu m'étonnes ! Tu prends toujours des cours de théâtre ?

– Oh, non, elle a répondu en se repoudrant légèrement le front. Honnêtement, Joe, maintenant que je suis dans le show business, je vois comment ça marche vraiment. Tout ce qui compte, c'est les relations. Après tout, je suis capable de jouer aussi bien que n'importe laquelle de ces pétasses, non ?

– Oui, bien sûr que tu en es capable. »

Elle a froncé les sourcils en se regardant dans le miroir et s'est mise à retoucher le maquillage autour de ses yeux avec un crayon noir.

« Et toi ? elle a voulu savoir. Qu'est-ce que vous faites dehors si tard, Jim et toi ?

– En fait, je suis à la recherche de quelqu'un que tu connais peut-être. Une fille, ses parents m'ont engagée pour la retrouver…

– T'es détective privé, toi, maintenant ? elle a dit, surprise, avant d'éclater de rire. T'imagines ? Toi ? C'est la meilleure ! Enfin, bref, c'est qui ? »

Je lui ai montré la photo de Nadine Nelson et Jerry McFall.

« Tu sais, je crois que j'ai déjà dû le rencontrer, dit-elle, il y a des années.

– Ah ouais ? Où ça ?

– Je sais pas, Joe. Ça aurait pu être n'importe où. Sa tête me dit quelque chose, c'est tout. Enfin, je ne traîne plus avec ce genre de types aujourd'hui, tu vois. C'est fini. Bon Dieu, Joe, si tu veux jouer au détective privé, va falloir apprendre à poser les bonnes questions aux bonnes personnes, elle a conclu en éclatant de rire.

– Ouais. Bref, tout va bien ? Je t'ai vue dans le journal plusieurs fois…

– Ah ouais ? Tu as vu la publicité pour le savon ? J'étais pas mal, hein ? »

Elle a rangé le crayon et a sorti un bâton de rouge à lèvres doré. « Bref, tout va très bien, Joe. Vraiment bien. Ce type pense que je vais devenir une vedette de la télévision. » Elle a tapoté le rouge à lèvres sur sa bouche. « Qu'est-ce que tu penses de ça ? Une vedette de la télévision, moi ! » Cette idée avait plutôt l'air de la satisfaire. Elle a rangé le rouge à lèvres dans son sac et s'est levée pour me regarder.

« Bon, je crois qu'il vaudrait mieux que j'y retourne. Il doit se demander où je suis passée.

– D'accord. »

Elle n'a pas eu besoin de me demander de faire comme si je ne la connaissais pas devant le producteur. Ça allait sans dire. Nous nous sommes de nouveau embrassées.

« Désolée, ça fait un bail, elle a dit. Mais je te téléphone très bientôt, Joe, d'accord ? Promis. Tu habites toujours au même endroit ?

– Ouais. Au Sweedmore. »

Elle a souri.

« Bon. Je t'appelle bientôt.

– Pas de problème. Quand tu voudras. »

Je savais qu'elle n'appellerait pas et je ne lui en voulais pas non plus. Mettre à manger sur la table et acheter quelques robes ne compensent pas des années de déception. Parce que c'est ce que font les drogués : ils déçoivent les gens. Ils disent qu'ils seront là pour le dîner à vingt heures et se radinent à huit heures le lendemain matin. Ils disent qu'ils s'occupent du loyer et puis se servent du fric pour se payer de quoi se piquer. Ils disent qu'ils seront toujours là pour vous et puis ils tombent dans les vapes sur un banc dans un parc au moment où vous avez le plus besoin d'eux. Nous n'avions jamais eu de père et notre mère ne valait pas grand-chose. Il n'y avait que nous deux. Il n'y avait pas trop de place pour ce genre de déception. J'étais clean aujourd'hui, mais il n'y avait aucune raison qu'elle me pardonne. Moi, je ne l'aurais pas fait.

Shelley est sortie des toilettes pour dames et j'ai attendu un moment avant d'en faire autant pour que l'on n'ait pas l'air de sortir en même temps. Le temps que je regagne ma table, elle s'était déjà rassise avec le producteur. Je l'entendais raconter une nouvelle anecdote à l'autre bout de la pièce, concernant son dernier vol transcontinental vers Los Angeles, cette fois.

« Je devrais aller lui dire bonsoir, tu crois ? a voulu savoir Jim. Ça fait une éternité que je ne l'ai pas vue.

– Oh, non. Elle ne peut pas se permettre d'être vue avec des gens comme nous. »

Jim m'a regardée un moment. « Hé », il s'est exclamé. Je suppose qu'il allait ajouter quelque chose, quelque chose d'intelligent pour me remonter le moral, mais il n'y avait rien de particulier à dire.

Tandis que nous finissions nos omelettes, j'ai risqué quelques coups d'œil vers la table de Shelley. Un autre homme était arrivé, un homme d'à peu près mon âge, et je me suis demandé si c'était un autre de ses petits amis. La plupart des filles auraient perdu les deux types s'ils s'étaient trouvés au même endroit au même moment, mais Shelley avait toujours excellé à ce jeu. Elle ne se fichait jamais dedans, se débrouillait toujours comme un chef. Elle accordait exactement la même attention aux deux types, qu'elle regardait chacun son tour comme s'ils disputaient un match de tennis.

Jim a réglé l'addition et nous sommes sortis. Nous sommes allés chercher la voiture au garage et puis Jim est rentré à pied tandis que je me dirigeais vers Brooklyn.

14

La Rocket 88 noire était aussi impeccable à l'intérieur qu'à l'extérieur mais, en traversant le pont de Brooklyn, j'ai remarqué quelque chose qui dépassait sous le siège passager. Un bout de papier kraft. À un feu rouge dans Atlantic Avenue, je me suis penchée et je l'ai sorti de sous le siège. Ce que j'avais vu, c'était le bord d'un paquet en papier kraft fermé avec de la ficelle.

« J'espère que ça t'ira », j'ai lu sur le paquet à l'encre noire.

Je l'ai ouvert. C'était la robe dont m'avait parlé Jim, celle qu'il avait achetée à Mick. Je l'ai admirée. Elle venait bien de chez Bergdorf, la classe. Bleu nuit avec une taille ajustée et une jupe bouffante. Ça irait parfaitement.

Le conducteur qui me suivait a klaxonné. Le feu était passé au vert et je suis repartie. J'étais sur un petit nuage de conduire une voiture neuve comme celle-là. Je me suis dit que si toute cette affaire se goupillait bien et que je recevais les mille dollars promis, je m'achèterais peut-être une voiture. Je n'en avais jamais eu de ma vie, pas une rien qu'à moi. Bien sûr, je n'irais pas en prendre une neuve comme celle-ci pour engloutir tout le fric que je me serais fait. Je prendrais un modèle un peu plus ancien. Mais quelque chose de bien quand même. Jim pourrait m'aider à la choisir.

Le trajet m'a pris un peu moins d'une heure. Je croyais connaître la route mais à mi-chemin, j'ai dû m'arrêter dans une station-service pour acheter un plan. J'étais sur le point de faire le plein quand j'ai vu qu'ils demandaient vingt-cinq cents le gallon et je me suis dit que j'allais plutôt me contenter d'offrir à Jim quelques litres de mon propre sang. J'ai fini par trouver l'intersection de la Quarante-Cinquième et de la Cinquième, version Brooklyn. Sunset Park à Brooklyn ressemblait pas mal à n'importe quel quartier résidentiel de Manhattan mais avec plus d'arbres. Il y avait beaucoup d'immeubles en travertin qui auraient pu être élégants si quelqu'un en avait eu quelque chose à faire et des tas d'immeubles bas qui ne le seraient jamais. Exactement comme me l'avait assuré Harry, j'ai remarqué une résidence en briques à l'angle de la Quarante-Cinquième et de la Cinquième. L'immeuble n'était pas haut, quatre étages avec sans doute deux appartements par étage. Il y avait des escaliers de secours de part et d'autre. L'entrée donnait sur la Quarante-Cinquième. Je suis passée devant. J'ai vu une porte vitrée toute simple et une rangée de boîtes aux lettres encastrées dans le mur. Ça ne donnait pas tellement envie de rentrer chez soi.

Je me suis garée en face, dans la Quarante-Cinquième, à quelques mètres de l'immeuble pour avoir un point de vue bien net dans le rétroviseur. Tous les rideaux étaient tirés. Après avoir surveillé les fenêtres un moment, je me suis approchée pour vérifier les boîtes aux lettres. Kantowski, Koen, Dubinski et un certain nombre d'autres qui ne comportaient aucun nom.

Je me suis installée dans la voiture pour surveiller l'immeuble. McFall et Nadine étaient quelque part là-dedans et au bout d'un moment, ils allaient bien devoir en sortir. Une fois certaine qu'ils étaient là, j'appellerais les parents de Nadine pour voir ce qu'ils décidaient – s'ils préféraient venir la voir en personne, appeler la police ou me laisser tenter de lui parler. Je n'ai pas quitté la porte des yeux. Personne n'est entré ni sorti. En fait, personne dans le pâté de maisons ne semblait être encore debout et au bout d'un moment, j'ai eu du mal à rester éveillée. J'ai allumé la radio. Sur l'une des stations, il y a eu un bulletin d'information au sujet des communistes. Ils étaient partout et si on ne faisait pas attention, ils s'en prendraient à nos gamins. C'est ça, oui. Comme les revendeurs de came moustachus. Sur une autre chaîne, il y avait un feuilleton policier. Je l'ai écouté un moment. Le gentil a gagné. Le méchant a perdu. La fille ne s'est vraiment pas foulée. Au bout de quelques heures, j'ai commencé à somnoler non sans ouvrir les yeux de temps à autre pour m'assurer qu'il ne se passait rien.

À cinq heures et demie, le soleil a commencé à se lever. Peu après, les gens ont commencé à sortir de chez eux pour aller travailler, ce qui m'a aidée à rester éveillée. À partir de huit heures, les employés se sont faits plus rares et le quartier a retrouvé sa tranquillité. J'ai somnolé.

À onze heures dix, je me suis réveillée et j'ai vérifié le rétroviseur.

J'avais un coup de chance du tonnerre.

Une jolie fille est sortie de l'immeuble en briques du coin de la rue ; elle portait une salopette et une chemise d'homme nouée à la taille. C'était une petite blonde, jeune, avec une queue-de-cheval.

Ce n'était pas Nadine. Mais Jerry McFall l'accompagnait.

C'était drôle de revoir ce type en personne. Il était tel qu'en mon souvenir, à part qu'il n'avait rien à voir avec ce que j'avais imaginé. Physiquement, il était le même. Grand et mince avec un visage étroit. Il portait un pantalon gris et une chemise jaune, un feutre gris et pas de veste. Un peu tape-à-l'œil peut-être, mais pas complètement extravagant.

Ce à quoi je ne m'attendais pas, c'est qu'il avait l'air heureux. Il souriait et tout en marchant, il a posé la main au creux des reins de la fille avec délicatesse. Il ne faisait pas le fanfaron. N'avait pas l'air méprisant. Si je n'avais pas su qui il était, je l'aurais pris pour un employé tout ce qu'il y a de normal, un type amoureux de sa copine et heureux de vivre. J'aurais peut-être cru que c'était un ouvrier, charpentier ou maçon. Doué pour son travail. Qui s'entendait bien avec ses voisins. Que tout le monde appréciait. Je comprenais pourquoi toutes les filles tombaient amoureuses de lui. Elles aiment ça chez un mec. Je le sais parce que c'est mon cas.

Mais j'étais au courant : ce type n'était bon à rien. C'était le genre à mentir aux femmes, à les brutaliser et si ça ne marchait pas à les frapper pour qu'elles couchent avec lui. Le genre à emmener cette jolie fille en promenade et à la transformer en putain.

J'ai repensé à la première fois où je l'avais rencontré. L'espace d'une minute, j'ai eu envie de le tuer. Ou de me tuer moi. Mais c'est passé.

Une fois qu'ils ont tourné au coin de la rue, je suis sortie de la voiture pour les suivre. J'étais certaine que McFall ne se souviendrait pas de moi. Tant que je respectais un minimum de discrétion, pas besoin d'avoir peur qu'ils me repèrent.

J'ai tourné à l'angle et je les ai vus au bout du pâté de maisons. McFall a fait glisser sa main du dos au bras de la fille, puis lui a pris la main. La fille a souri. Ils ont traversé la Cinquième Avenue et marché jusqu'à un petit café à l'angle de la Cinquième et de la Quarante-Sixième. J'ai attendu en face. Une demi-heure plus tard, ils sont ressortis main dans la main. Ils se sont arrêtés dans une épicerie, sont sortis avec un sac chacun et sont retournés vers l'immeuble en briques.

Juste avant qu'ils n'y entrent, je l'ai arrêté.

« Jerry McFall », j'ai dit.

Ils se sont arrêtés et se sont retournés. Pour la première fois, j'ai vu quelque chose sur le visage de McFall qui ressemblait à la photo. C'était le Jerry McFall dont je me souvenais, celui dont Monte, Yonah et les filles du Royale m'avaient parlé.

Il n'a rien dit. La fille nous a regardés tour à tour Jerry et moi, déconcertée.

« Jerry McFall, j'ai répété. Je peux vous parler un moment ? »

Il m'a dévisagée. Le soleil l'éblouissait et il plissait les yeux. Je n'ai pas bougé. Il s'est retourné pour chuchoter quelque chose à la fille et lui a tendu le sac de courses. Elle est entrée dans l'immeuble.

« Je cherche Nadine Nelson, j'ai expliqué. Ses parents me paient pour la retrouver. Aux dernières nouvelles, elle était avec vous. »

Il ne disait toujours rien. C'est un bon truc qui intimide carrément votre interlocuteur. Ça a failli marcher avec moi. J'ai bien dit failli.

« Je ne sais pas ce que vous manigancez, et je m'en fiche. Tout ce que je veux, c'est Nadine. »

Il a fini par parler. Sa voix était telle que je m'en souvenais, un peu mielleuse et douce mais aussi pleine de colère. « Je ne suis pas Jerry McFall, il a dit. Et je ne connais aucune *Nadine*. »

Il a prononcé ce nom comme une insulte. Il s'est retourné pour entrer dans l'immeuble.

« Hé, je lui ai crié en lui prenant le bras pour qu'il se retourne. Tout ce que je veux savoir, c'est… »

Ça, pour se retourner, il s'est retourné : en m'envoyant son poing en plein dans les tripes ! Je me suis effondrée, à deux doigts de vomir.

Ça irait. Mais pour l'instant, ça n'allait pas du tout. Je suis restée étendue sur le trottoir, roulée en boule pour me protéger l'estomac.

Il m'a donné un léger coup de pied dans le dos.

« Je ne suis pas Jerry McFall, j'ai dit. »

Il a fait demi-tour pour entrer dans l'immeuble. Je suis restée allongée sur le trottoir un moment en attendant de pouvoir respirer normalement et d'être sûre que je n'allais pas être malade. Une vieille dame en noir de retour du marché est passée près de moi avec un caddie qui débordait de sacs de courses. Elle a baissé les yeux vers moi.

« Saleté d'ivrognes », elle s'est exclamée en passant son chemin.

Le temps d'arriver chez moi, il était deux heures de l'après-midi. J'en avais ras le bol et j'étais vannée. Je me suis servie du téléphone de Lavinia pour appeler Jim, pour lui annoncer que je n'avais rien et la voiture non plus. Et puis, je me suis déshabillée et je suis allée me coucher.

J'ai dormi comme une masse.

15

Le lendemain matin, un grand coup frappé à ma porte m'a réveillée. En m'asseyant, j'ai ressenti une affreuse douleur à la taille. J'ai soulevé mon pyjama pour me regarder le ventre. Un hématome violacé était apparu à l'endroit où McFall m'en avait mis une la veille. Il n'y était pas allé de main morte mais j'avais connu pire. Le bleu allait rester quelque temps ; quant à la douleur, elle aurait disparu d'ici demain.

Le temps d'aller ouvrir, les coups frappés à la porte s'étaient transformés en cognement sourd et régulier qui menaçait de faire s'écrouler tout l'immeuble. Je savais qui c'était. Les flics. Personne d'autre ne serait venu frapper à ma porte à neuf heures du matin. Personne ne l'avait jamais fait.

Je suis allée ouvrir, encore en pyjama. Deux flics, l'un en uniforme, l'autre en costume bon marché et feutre rond, se sont engouffrés dans ma chambre dès que j'ai ouvert le verrou.

« Salut, Springer, j'ai dit au type en costume bon marché. Quoi de neuf ?

— Rien de neuf, que du vieux, Flannigan. »

Les deux types ont regardé dans tout l'appartement en espérant peut-être trouver un cadavre sous le lit ou un sachet de came sur la table basse. Je connaissais Springer d'aussi longtemps que je me souvienne. Il avait été flic au commissariat de la Cinquante-Quatrième Rue, dans laquelle j'avais grandi. Aujourd'hui, il était détective à la criminelle mais aimait toujours rester en contact avec ses vieux copains du quartier – à chaque fois qu'il devait payer le loyer, par exemple. C'était un grand costaud au visage grossier qui ne riait qu'à condition de pouvoir se payer la tête de quelqu'un. Il ne m'aimait pas, je ne l'aimais pas non plus, et ce n'était pas grave. Le type en uniforme, je ne l'avais jamais vu de ma vie. Il était plus jeune que moi et ressemblait à un ancien boxeur ou simplement à un type qui adorait la castagne. Pas trop grand, très carré avec un visage cabossé qui n'avait de toute façon pas dû être terrible au départ.

J'ai allumé le réchaud sur lequel j'ai posé le percolateur. Les flics se sont mis à farfouiller dans la chambre, à examiner les verres vides et les magazines posés sur la table basse.

« Alors, qu'est-ce que tu as comme tuyaux sur Jerry McFall ? a voulu savoir Springer. Qu'est-ce qu'il a fait ? Il t'a piqué cinq cents ? Il t'a posé un lapin ? »

La brute a pouffé de rire. Springer a souri. Il se croyait spirituel.

« Je ne connais aucun McFall, j'ai répondu.

– C'est marrant, ça. Un tas de gens racontent que tu le cherches ces temps-ci.

– Et alors ? Depuis quand c'est illégal de chercher quelqu'un ?

– Fais pas la maligne avec moi, Josephine, m'a rabrouée Springer, furieux maintenant. Tu la fermes ou c'est moi qui vais te la faire fermer. »

Je n'ai pas refait la maligne avec lui. En revanche, je suis allée chercher l'enveloppe que je gardais dans mon sac. À l'intérieur, il y avait un billet de vingt dollars tout neuf.

« D'accord, j'ai compris, j'ai dit. Le bal de la police approche. » Je lui ai tendu le billet qu'il a pris et empoché. Mais il n'a pas bougé.

« Allez, Springer, j'ai supplié. Vous avez vu où je crèche ? Je peux pas faire mieux. » J'avais planqué le vrai pactole, les neuf cent vingt-cinq dollars cinquante qu'il me restait de l'avance des Nelson sous une lame de plancher scellée sous le lit. La lame de plancher avait l'air impeccable et ils ne trouveraient jamais le fric.

« Merci pour ta donation, Joe, a ironisé Springer. Mais ça ne va pas t'aider ce coup-ci. »

Là, j'ai compris que quelque chose ne tournait pas rond. Je me suis assise pour boire une tasse de café pendant qu'ils fouillaient ma chambre. Ils ont regardé dans tous les coins qui auraient pu servir de cachette à un voleur sans cervelle : sous le canapé, sur la plus haute étagère de l'armoire, dans le sucrier. Ils se sont bien amusés dans mon tiroir à lingerie aussi. Et puis, ils ont décidé de ne plus prendre de gants : ils ont fait valser les tasses du placard avant de vider par terre le contenu de mes tiroirs. Ils n'ont rien trouvé pour la simple raison qu'il n'y avait rien à trouver.

« Si c'est de la dope que vous cherchez, vous pouvez oublier, j'ai dit au bout d'un moment. Je suis clean et vous le savez aussi bien que moi.

– C'est pas de la dope qu'on cherche. J'en ai rien à cirer de la dope. C'est un flingue qu'on cherche. »

J'étais longue à la détente ce matin-là.

« Pourquoi chercher un flingue ?

– Parce que Jerry McFall s'est fait descendre hier soir. »

J'ai dévisagé Springer.

« Ouais, exactement, il a repris. Je parie que tu es sincèrement choquée, Joe. Je parie que ça te brise le cœur. C'est bon, j'ai compris, et c'est pas la peine de faire cette tête-là. »

J'ai essayé de ne plus faire la tête que j'étais censée faire.

« Jerry McFall s'est fait flinguer hier soir, et étant donné que tu as passé tellement de temps à le chercher ces derniers jours, on se dit que tu as pu être au bout du flingue. Une gentille mémé t'a même vue traîner dans les parages de l'immeuble dans la journée d'hier. Quelqu'un m'a conseillé de m'intéresser à toi et j'ai commencé à poser des questions à droite à gauche. »

Je ne savais pas quoi dire. Alors, pendant un long moment, je n'ai rien dit du tout.

« Habille-toi, a fini par dire Springer, las d'attendre une éventuelle repartie spirituelle de ma part. Tu nous accompagnes. »

16

Dans la voiture, en route pour le commissariat, j'ai parlé des Nelson à Springer. Je lui ai expliqué que la seule raison pour laquelle j'étais à la recherche de McFall, c'était que les Nelson m'avaient engagée pour retrouver leur fille qui sortait avec lui. Je lui ai donné leurs numéros de téléphone et l'adresse du bureau du mari.

« C'est ça », s'est exclamé Springer en éclatant de rire. Le flic en uniforme a gloussé lui aussi. Je me suis demandé s'il savait ce qui était censé le faire rire ou s'il faisait juste exactement comme son chef. « Tu espères me faire croire que sur toute la population de New York, ils ont engagé une pute droguée comme toi pour retrouver leur fille ? Ne me prends pas pour un débile, Josephine, c'est tout ce que je te demande. Ne me prends pas pour un con. »

Sur le chemin, Springer m'a appris que McFall avait été trouvé mort dans l'appartement d'une fille à Sunset Park aux environs de vingt heures la veille au soir. Cette fille, qu'il avait ramassée dans un bar quelques jours plus tôt, l'avait invité à vivre chez elle. Elle était sortie dîner avec une amie et à son retour, elle l'avait trouvé mort, une balle dans la poitrine. Springer avait été averti que j'étais impliquée et s'était mis à enquêter. Il refusait de dire qui lui avait refilé le tuyau.

Je commençais à me sentir mal.

Springer m'a emmenée au commissariat de la Cinquante-Quatrième, dans mon ancien quartier. « Bienvenue, détective Josephine », m'a dit l'agent de service en nous saluant tous les deux de la tête quand nous sommes entrés. « Salut, Phillips », j'ai répondu avec un sourire forcé. J'ai reconnu quelques personnes au poste, des flics et puis ceux, hommes et femmes, qu'ils avaient arrêtés ; malheureusement, ce n'était pas le moment idéal pour évoquer le bon vieux temps. Springer m'a traînée jusqu'à une salle d'interrogatoire aveugle meublée d'une table et de quatre chaises en acier. J'étais passée dans un certain nombre de salles de ce type dans ma vie, peut-être même précisément celle-ci.

« Ce n'est pas la première fois que tu te retrouves ici, Joe », a remarqué Springer en allumant une cigarette. Il s'est assis en face de moi sur une des chaises.

« Il y a deux ou trois ans. Tu t'en rappelles ? Tu t'es assise là et tu n'as pas voulu dire un traître mot. Pas même quand tu as commencé à être en manque et que tu t'es mise à transpirer et à trembler et que tu as dégueulé sur ta robe. Tu te souviens ?

– Bien sûr que je m'en souviens.

– Tu avais pris combien ? » a voulu savoir Springer en exhalant la fumée de sa cigarette.

J'en aurais bien fumé une moi aussi mais je ne me voyais pas demander.

« Trente jours ? Quatre-vingt-dix ?

– Trente, pour obstruction à la justice. »

Il a hoché la tête en regardant le cendrier.

« Et la fois d'avant ? On t'avait arrêtée pour avoir piqué quelque chose… c'était quoi, déjà ?

– Des robes. Chez Saks Fifth Avenue.

– C'est ça, il a dit en souriant. Et tu as pris combien pour ça ?

– Six mois. »

Je me suis efforcée d'avoir l'air détaché. J'avais déjà mené Springer en bateau dans le passé. Je n'avais pas envie qu'il croit que c'était encore le cas. Ce n'était plus du tout la même histoire cette fois, les règles étaient différentes.

« Tu veux une cigarette ? il m'a demandé comme s'il venait soudain de se rendre compte qu'il ne se comportait pas en gentleman.

– Ouais, merci. »

Il a tapoté le paquet pour en faire sortir une, l'a posée entre ses lèvres pour l'allumer et me l'a tendue. J'ai essayé de ne pas trembler en la prenant. Il a posé le cendrier au milieu de la table.

« Et avant ça ?

– Possession de substance illicite, j'ai répondu. Six mois. Avant ça, complicité. Vous vous souvenez de l'affaire Minelli ?

– Bien sûr que je m'en souviens, il a dit en riant. Tu as failli te faire boucler pour longtemps cette fois-là. »

Je me suis forcée à rire même si je n'en avais pas envie.

« J'ai eu de la chance. Le juge était au parfum.

– Quoi d'autre ? Je n'ai pas envie d'aller chercher ton dossier, Joe. Il est sur mon bureau dans un tas de papiers et toute ma bonne humeur risque de s'envoler si je dois le chercher.

– Deux autres arrestations pour possession de drogue, je crois. Racolage – je suis incapable de vous dire combien de fois. Quatre, peut-être cinq. Vol, je devais avoir à peu près dix-huit ans. »

Springer a hoché la tête en me dévisageant d'un drôle d'air, presque gentil.

« Tu n'étais qu'une gamine à l'époque. Tu sais Joe, tu es assez douée dans ton genre. Deux condamnations pour vol dans toute une vie de voleuse. Tu t'en tires sacrément mieux que la plupart des zozos que l'on voit par ici.

– Merci. »

Il m'a de nouveau regardée un long moment. C'était presque comme s'il réfléchissait.

« Tu sais que je t'ai toujours trouvé intelligente, Joe, il a avoué au bout d'un moment. J'ai toujours pensé que c'était dommage que les choses aient tourné de cette façon pour toi. Tu n'as jamais vraiment eu ta chance dans la vie, pas vrai ? À cause de ta mère et tout ça ! Tu n'étais qu'une gamine quand tu t'es mise à faire le tapin pour pouvoir manger et t'occuper de Shelley. Je te parle du temps où tu n'étais pas encore défoncée, avant même que tu aies rencontré Monte. Tu as eu mille occasions de mettre les voiles mais tu ne voulais pas laisser ta sœur toute seule. Je le sais. Tu as fait ce qu'il fallait pour elle – tu lui as payé ses cours de théâtre, tu l'as tirée de Hell's Kitchen, tu lui as trouvé ce boulot au El-

Sahara. Tu sais, je l'ai vue dans le journal l'autre jour, j'ai presque été fier. Mais toi… toi, tu n'as jamais eu de veine, hein ? T'as épousé ce bon à rien et t'es devenue accro à la came et…

— Merci, mais ça n'a pas été si terrible que ça.

— Bref, ce que j'essaie de te dire, c'est que l'histoire dans laquelle tu t'es fourrée cette fois, eh bien, elle n'a rien à voir avec ce que tu as connu jusqu'ici. Tu t'en es toujours tirée à bon compte jusqu'à maintenant. Tu n'as jamais fait plus de six mois de taule grosso modo. Mais cette affaire McFall, c'est un meurtre. C'est un sac de nœuds d'un tout autre type, Joe. Si tu es jugée pour cette affaire, tu vas te faire boucler pour très longtemps, tu risques peut-être la chaise électrique et peu importe que le juge apprécie ton minois ou que tu verses des torrents de larmes à la barre. Tu es plus âgée aujourd'hui. Aucun de ces vieux trucs ne va plus fonctionner.

— Je sais », j'ai répondu en écrasant ma cigarette. Ça faisait un bail qu'aucun de ces trucs ne fonctionnait plus. « Mais je n'ai pas tué McFall. C'est l'entière vérité, Springer, je ne l'ai pas tué. »

Il a souri en m'allumant une autre cigarette. « Joe, tu ne m'écoutes pas. Ce que je suis en train de t'expliquer, c'est que si tu me dis la vérité maintenant, toute la vérité, je peux passer un marché avec le procureur. Je ferai tout mon possible pour t'éviter la chaise, tu as ma parole. Peut-être qu'on pourra même t'obtenir une courte peine, te faire bénéficier de circonstances atténuantes. Je suis sûr que tu en avais. Je suis sûr que tu avais une raison. Je te connais, Joe. Tu ne l'aurais pas fait sans raison, sans raison valable. Et puis, il y a tes antécédents familiaux – ta mère, les cours de théâtre que tu as payés à Shelley, tous ces trucs-là, ils en tiendront compte. »

Je lui ai reparlé des Nelson et de tout ce que j'avais fait depuis que je les avais rencontrés et tout ce que j'avais découvert au sujet de Nadine Nelson et Jerry McFall. Ce n'était pas un secret pour lui que Monte et Yonah se droguaient et que les filles de Chez Rose et du Royale se prostituaient, alors, il n'y avait aucune raison de lui cacher quoi que ce soit. Je lui ai tout raconté.

Il s'est remis à rire. « Josephine, enfin », il s'est exclamé. Et puis il s'est levé, a pris le cendrier qu'il a lancé contre le mur derrière moi. « PUTAIN DE MERDE, Joe ! il a glapi. Dis-moi la vérité tout de suite ou je jure devant Dieu, JE JURE DEVANT DIEU que je t'arrache la tête. »

Je suis restée parfaitement immobile le regard rivé sur la table sans dire un mot. Les cendres de cigarette couvraient la pièce comme de la neige. Springer s'est rassis. Il était écarlate. Il a pris une profonde inspiration. « Va me chercher le cendrier, tu veux, Joe ? »

J'ai ramassé le cendrier que j'ai reposé à sa place au centre de la table.

« Une autre cigarette ? il a proposé en en allumant une pour lui.

– Oui, merci. »

Il m'en a allumé une et son visage a repris son teint rosé habituel. Juste au moment où il me tendait la cigarette, on a frappé. À la demande de Springer, un jeune flic a ouvert et passé la tête par l'entrebâillement de la porte en lui faisant signe de le rejoindre dans le couloir.

« Excuse-moi. » Springer est sorti un instant avec le jeune flic avant de revenir s'asseoir.

« O'Reilly a appelé les numéros que tu nous a donnés, Joe. Ils ne sont pas attribués.

– 'Quoi ? Comment ça, pas attribués ?

– Ils sont bidons, Joe. Si tu comptais sur tes potes pour te couvrir, leurs numéros ne sont plus attribués. Ils ont dû dépenser l'argent de la facture en dope, je suppose. Les Nelson n'existent pas et tu le sais aussi bien que moi. »

Je me suis tue un moment. L'information a mis un moment à faire son chemin.

Les Nelson n'existent pas.

« C'est impossible ! j'ai fini par m'écrier. Ils existent, Springer. Je le jure devant Dieu, je les retrouverai. Je les amènerai ici… »

Les Nelson n'existent pas. Ce qui voulait dire que je me retrouvais seule pour endosser toute l'affaire. Pour la première fois, je me suis vue à travers le regard de Springer. Ce que je voyais n'était pas terrible.

Leur téléphone devait être en dérangement. Ça arrive sans arrêt que les téléphones soient en dérangement. Ou alors, le jeune flic idiot que Springer avait envoyé vérifier ne savait peut-être pas composer un numéro correctement.

« C'est comme je t'ai dit, a repris Springer en me regardant bien en face. Plus vite tu me diras la vérité, mieux ce sera. Personne ne gobe cette histoire comme quoi tu aurais été payée pour retrouver une fille.

– Mais je vais les retrouver, j'ai dit en m'efforçant d'être plus convaincue que je ne l'étais vraiment. Je vais les retrouver et… »

Springer a levé la main pour me faire taire. « Je t'en prie, Joe. C'est des conneries, tu le sais aussi bien que moi. Comme je te l'ai dit : qui irait t'engager toi pour retrouver sa fille ? Tu veux rire ? Bon, je n'ai pas de preuve contre toi. Pas encore. Rien ne te lie au meurtre. Alors, je suis obligé de te laisser partir. »

Je me suis levée mais il m'a fait signe de me rasseoir, ce que j'ai fait.

« Il n'empêche que ça ne se présente pas très bien. Je sais que tu étais à la recherche du type en question et j'ai des témoins capables de le confirmer. Tu peux prétendre que tu n'as rien à voir avec ce gars-là et c'est ton droit. Mais étant donné que vous avez des connaissances communes, que c'est un dealer et toi une camée, on pourrait très bien considérer qu'une de vos affaires a mal tourné. C'est comme ça que moi je vois les choses et c'est comme ça qu'un jury les verra aussi. Tu le sais aussi bien que moi. C'est fini pour toi, Joe. Tu ne vas pas te sortir de cette histoire. »

Il a fini par me dire de m'en aller en me répétant plusieurs fois que j'avais intérêt à me tenir à carreau, que la police me gardait à l'œil et qu'il valait mieux pas que je fasse de bêtises et tout le bataclan.

Je suis sortie et j'ai cherché la cabine téléphonique la plus proche.

J'ai appelé le domicile des Nelson. Une opératrice a décroché.

« Désolée, ce numéro n'est plus attribué, elle m'a annoncé.

– Vous êtes sûre ? Je ne peux pas y croire. Ce n'est pas possible.

– J'en suis sûre, mademoiselle », elle a répondu, agacée.

J'ai raccroché pour appeler le bureau de monsieur Nelson. C'est encore une opératrice qui a répondu. J'ai raccroché.

J'ai pris un taxi pour retourner dans la Première Avenue où la voiture de Jim était garée et ensuite je suis allée jusqu'au 28, Fulton Street. Pendant tout le trajet, j'ai repensé à ce que Springer avait dit : *Tu espères me faire croire que sur toute la population de New York, ils ont engagé une pute droguée comme toi pour retrouver leur fille ?*

Vu sous cet angle, j'avais moi aussi un peu de mal à l'avaler.

17

Dans l'immeuble de Fulton Street, le même portier que la première fois m'a ouvert, le même type était assis derrière le comptoir et le même liftier m'a emmenée jusqu'au cinquième étage.

La porte du bureau de monsieur Nelson n'était pas verrouillée. Je suis entrée pour jeter un coup d'œil.

Mes mains se sont mises à trembler, et j'ai eu envie de vomir.

Le bureau avait disparu. Le canapé en cuir, la machine à écrire, le tapis, le téléphone et les tableaux aussi. Envolée la jolie secrétaire. Tout ce qu'il restait, c'était un câble téléphonique qui sortait du mur dans une pièce miteuse.

Je suis passée dans la pièce suivante. Elle était vide. Les rayons du soleil entraient par la fenêtre et des grains de poussière flottaient dans l'air. Je me suis retournée et l'écho de mes pas a résonné dans la pièce déserte.

J'ai commencé à avoir le tournis et je me suis assise un instant sur le parquet glacé jusqu'à ce que la pièce arrête de tourner.

C'était comme s'il n'y avait jamais eu personne ici.

Mes mains tremblaient encore quand j'ai repris l'ascenseur pour descendre. J'ai demandé au type assis derrière le comptoir ce qui était arrivé à monsieur Nelson.

« Monsieur Nelson ? il a dit en fronçant les sourcils.

– L'avocat. »

Le son de ma propre voix m'a surpris. On aurait dit que je suppliais qu'on me donne quelque chose. « L'avocat du cinquième. »

Le type m'a lancé un regard par-dessous la visière de son élégante casquette bleue. « Nelson… je vais vérifier le registre. » Il a sorti un classeur d'un tiroir qu'il s'est mis à feuilleter.

« Nation ? il a suggéré.

– Non.

– Norman ?

– Nelson, j'ai répété. J'en suis sûre. C'est bien Nelson. »

Il a continué à chercher avant de secouer de nouveau la tête.

« Désolé, mademoiselle. Pas de Nelson ici.

– Au cinquième. Dernier bureau.

– Ce bureau est inoccupé depuis des mois, il m'a expliqué, perplexe. Désolé, madame. Je suis confus. »

***

Voilà ce qui s'était passé : Jerry McFall avait piqué un beau paquet de came à quelqu'un qui voulait le récupérer. Le récupérer sur le cadavre de Jerry. Mais ce quelqu'un ne savait pas où il était. En cherchant lui-même, il aurait éveillé les soupçons de la police, comme je l'avais fait. Alors, il avait engagé deux personnes – acteurs au chômage, escrocs à la retraite, amis qui lui devaient une faveur, ça n'avait pas vraiment d'importance – qui s'étaient fait passer pour les Nelson. Le propriétaire de la came croyait que Nadine et Jerry étaient encore ensemble et il m'avait demandé de retrouver la fille. C'était une pilule plus facile à avaler – personne n'aurait eu de raison honnête de vouloir retrouver Jerry McFall. Alors, on m'avait demandé de retrouver la fille en m'accordant une avance de mille dollars. La came que Jerry avait volée devait valoir au moins cinq fois ce prix-là pour que ça vaille le coup. Maintenant, la personne en question avait récupéré sa came, s'était débarrassée de McFall et c'était moi qui portais le chapeau.

Après avoir quitté Fulton Street, j'ai roulé un moment parce que j'aimais conduire et parce que j'avais encore les mains qui tremblaient, et après avoir parlé au portier, je claquais des dents par-dessus le marché ; dans cet état-là, il n'y avait pas grand-chose à faire. Je me suis baladée sans vraiment faire attention à l'endroit où j'étais et après m'être calmée un peu, j'ai été surprise de constater que je me trouvais dans la Quarante-Deuxième Rue. Juste à côté de Bryant Park.

Je me suis garée près d'une bouche d'incendie sans sortir de la voiture.

J'avais un besoin de drogue que je n'avais pas

ressenti depuis des années. Chaque muscle de mon corps était faible et j'ai senti quelque chose d'aigre me remonter dans la gorge. Comme si j'avais pris de la dope pour la dernière fois huit heures plus tôt et non deux ans. Comme si je n'avais jamais arrêté.

Monte était là. J'en étais sûre. Il m'en donnerait un peu. Il se ferait un plaisir de m'en donner. Je pourrais rester avec lui jusqu'à ce que Springer vienne me chercher ou jusqu'à mon dernier shoot, suivant ce qui arriverait en premier. Jim verserait quelques larmes, Monte et deux ou trois autres personnes aussi, mais elles seraient rares et ça leur passerait vite. Quant à Shelley, eh bien, elle s'en sortirait mieux sans moi. Elle avait été suffisamment claire sur ce point. J'avais fait ce que j'avais pu pour l'aider et maintenant, je n'étais qu'un fardeau, une source d'embarras. Je ne manquerais à personne.

J'avais beau regarder la situation sous tous les angles, ça se présentait mal. Si j'arrivais à me sortir de cette affaire McFall, il y avait gros à parier que je retomberais dans la dope. Ça arrivait pratiquement à tout le monde. Je ne valais pas mieux que Yonah, Monte ou Cora et, à eux trois, ils avaient dû arrêter une bonne centaine de fois. Et si je redevenais accro, je n'en avais plus pour longtemps. J'en étais convaincue. Certaines personnes avaient de la veine – ils n'avaient jamais acheté de came trop pure ni coupée avec je ne sais quel poison, ne s'étaient jamais fait prendre en flagrant délit d'arnaque, ne s'étaient jamais fait coincer par les flics. Mais moi je n'avais jamais eu que de la malchance.

Parfois, quand j'étais gosse, des dames patronnesses venaient à Hell's Kitchen, des dames riches qui vivaient dans les quartiers chic, pour repérer les gamins qui avaient un don particulier, étaient plus mignons que la moyenne et tenter de les aider : elles leur achetaient des vêtements, de quoi manger, les aidaient à l'école, s'assuraient que l'ambiance n'était pas trop mauvaise à la maison. Parfois, ces dames adoptaient même des gamins de Hell's Kitchen. Mais une chose est sûre : elles n'ont jamais levé le petit doigt pour moi. Je me disais qu'elles savaient ce que tout le monde savait déjà : il n'y avait aucun espoir pour Josephine Flannigan. J'avais entendu des adultes dire que quand ils étaient petits, ils voulaient être infirmière ou maître d'école ou ce genre de truc. Mais moi, j'ai toujours su que je ne serais jamais ni infirmière ni maîtresse d'école. Personne n'a jamais cru une seconde que je serais encore là à vingt ans, encore moins à trente et en ce moment même, quelqu'un quelque part était prêt à parier que je ne fêterais jamais mon quarantième anniversaire.

Le truc, c'est que j'avais envie de décider par moi-même. Je n'avais pas envie que Springer ou Monte ou la drogue ou quoi que ce soit d'autre décide à ma place. Je n'avais pas grande raison de vivre, certes. Mais ce que j'avais m'appartenait. Je l'avais gagné de la plus dure des façons possible. Et j'allais m'y accrocher jusqu'à ce que moi je sois prête à m'en séparer.

J'allais découvrir qui m'avait piégée et qui avait descendu McFall. Et une fois que ce serait fait, je n'allais pas livrer le coupable à Springer. Je lui réglerais son compte moi-même.

J'ai trouvé une place de parking près de là et je me suis dirigée vers la bibliothèque en longeant le parc. J'avais toujours les mains qui tremblaient et les jambes en coton mais j'arrivais à l'oublier. À la bibliothèque, je me suis efforcée de ne pas regarder un seul homme de trop près ; j'ai trouvé le comptoir du prêt et j'ai demandé à la bibliothécaire si elle avait un registre de tous les cabinets d'avocats de New York. Elle m'a fusillée du regard. J'avais interrompu sa lecture de *Meurtre à Manhattan*, le roman de poche posé devant elle sur le bureau.

« Vous avez essayé l'annuaire ? elle a voulu savoir. Ou est-ce que vous cherchez quelque chose comme le *Who's Who* ? Ou le Bottin mondain *?*

– Les trois », j'ai répondu en essayant de me donner de grands airs, comme elle.

Je n'avais pas pensé à l'annuaire.

« Je vais vous les chercher », elle a dit, narquoise. Elle a farfouillé derrière le bureau un moment avant de poser trois lourds volumes sur la table. J'ai ouvert le premier mais elle a fait non de la tête.

« Là-bas. » Elle a indiqué un bureau à l'autre bout de la pièce où j'ai traîné les trois volumes.

Le nom de Nathaniel Nelson n'apparaissait ni dans le Bottin mondain ni dans le *Who's Who*. Mais il figurait dans l'annuaire de Manhattan. *Nathaniel Nelson, Nelson et associés. 667 Madison Avenue.*

18

Le 667 Madison était un immeuble moderne en verre dont je n'arrivais à voir le sommet qu'en tendant le cou. Je m'étais dit qu'il me faudrait passer par quelques secrétaires pour pouvoir rencontrer monsieur Nelson. Je n'aurais jamais imaginé qu'il y en aurait quatre. La première réceptionniste était installée juste à l'entrée de l'immeuble. Je n'ai eu aucun problème avec elle ; elle m'a conseillé de prendre l'ascenseur jusqu'au troisième, de tourner à droite et de sonner. C'est ce que j'ai fait et une brune habillée en rose m'a fait entrer dans une vaste pièce au sol recouvert d'une moquette épaisse et meublée de canapés chic. Elle était un peu plus curieuse. Pourquoi souhaitais-je voir monsieur Nelson ? Personnel. Quel était mon nom ? Mademoiselle Josephine Flannigan. J'ai attendu une réaction de sa part. Elle n'en a eu aucune. Elle a passé un coup de fil et m'a ensuite recommandé d'emprunter l'ascenseur pour me rendre deux étages plus haut. Là, je prendrais à gauche et chercherais la porte sur laquelle apparaissait la mention *Direction*. Deux étages plus haut, j'ai été accueillie par une blonde en bleu pastel. Les filles étaient de plus en plus jolies à mesure que je montais dans la hiérarchie.

Le but de ma visite ? Personnel. Mon nom ? Flannigan. Ça ne lui disait rien à elle non plus, à moins que les secrétaires soient également actrices maintenant. J'étais contente de ne pas être à leur place. Contente de ne pas aller travailler pour un ponte tous les jours, de devoir ouvrir son courrier, récupérer ses chemises au pressing et, en gros, lui rendre l'existence vivable en attendant qu'il me remarque. Ça n'arriverait jamais.

La blonde s'est entretenue avec quelqu'un au téléphone un instant avant de m'escorter jusqu'à une nouvelle porte. La secrétaire dans la pièce suivante aurait dû être sous contrat à Hollywood. Elle avait une épaisse chevelure noire et un regard dans lequel on aurait pu se noyer. Elle portait un tailleur noir qui avait l'air fait sur mesure. La pièce était lambrissée d'acajou et tous les meubles étaient recouverts de cuir marron. Je me suis dit que j'étais arrivée au bout, à moins d'enchaîner avec une secrétaire en maillot de bain dans une pièce tapissée de vison du sol au plafond.

« Mademoiselle Flannigan, que puis-je faire pour vous ? m'a demandé la brune d'une voix mélodieuse, le sourire aux lèvres.

– Je voudrais voir monsieur Nelson.

– En général, monsieur Nelson ne reçoit pas sans rendez-vous. Il a un emploi du temps extrêmement chargé. Puis-je savoir quel est l'objet de votre visite ? »

Elle souriait toujours. Elle devait toujours sourire, j'imagine. Elle avait une peau laiteuse. Le simple fait d'être dans la même pièce qu'elle me donnait l'impression d'être difforme. Mais j'étais quand même contente de ne pas être à sa place.

« C'est personnel, j'ai répondu.

– Je suis l'assistante personnelle de monsieur Nelson. Vous pouvez sans crainte me confier ce qui vous amène ici.

– Il s'agit de sa fille. »

J'ai eu l'agréable surprise de constater que cela marchait. « Très bien, dans ce cas, veuillez me suivre. » Elle s'est levée et m'a conduite le long d'un petit couloir jusqu'au bureau de monsieur Nelson.

C'était naturellement un bureau digne d'un P-DG. Environ mille mètres carrés. Tellement d'acajou qu'on se serait cru en forêt. Des meubles en cuir d'une telle souplesse qu'on aurait sans doute pu passer la main à travers comme dans du beurre. Une moquette tellement profonde que j'arrivais à peine à la traverser avec mes talons hauts.

« Mademoiselle Flannigan, a indiqué la secrétaire. Monsieur Nelson. »

Le monsieur Nelson que j'ai découvert approchait la cinquantaine ; il avait les épaules carrées, des cheveux blonds qui grisonnaient et était assis à un bureau de la taille d'une Cadillac. À son expression, j'ai vu que c'était un homme occupé et très important, et que je ferais mieux de m'en souvenir.

Je ne l'avais jamais vu de ma vie.

« Asseyez-vous », il a dit en indiquant un siège

face au bureau dans lequel je me suis installée, tout ça sans sourire ni se lever.

«Bon, mademoiselle Flannigan, qu'est-ce que c'est que cette histoire à propos de ma fille? La police était là tout à l'heure et n'a rien voulu me dire non plus.

– Votre fille se prénomme Nadine, n'est-ce pas?

– C'est ça.

– Avez-vous une photo d'elle?

– Qu'est-ce que c'est que cette histoire? il s'est exclamé, méfiant. Qui êtes-vous?

– Je suis détective privé, du moins, je travaille pour le compte d'un privé. Nous avons des raisons de croire que votre fille a été témoin d'un crime…

– Quel genre de crime?

– Monsieur Nelson, vous êtes avocat, j'ai répondu comme s'il avait posé la question la plus idiote du monde. Je suis sûre que vous connaissez le sens du mot *confidentialité*. Je n'ai que quelques questions à vous poser. Ce ne sera pas long. Alors, vous dites que la police est déjà venue?»

Je ne savais pas où j'avais entendu le genre de ton sur lequel je lui parlais – un ton suave, professionnel et légèrement sournois – mais je le trouvais agréable.

«Ils m'ont posé tout un tas de questions sans rien vouloir me dire. Vous dites que Nadine a été témoin d'un crime?

– Je ne suis pas surprise que la police soit venue», j'ai annoncé.

En fait, je l'étais. Springer vérifiait mon alibi. Et j'étais prête à parier que j'étais dans de sales draps.

« J'aurais besoin d'à peu près tous les renseigne-ments que vous avez fournis à la police. En tant qu'avocat, vous devez avoir conscience qu'elle ne se montre pas toujours aussi efficace que nous le sou-haiterions, je n'en doute pas. Bien, avez-vous une photo de Nadine ? »

Il y avait trois cadres posés devant lui sur son bureau ; je n'arrivais pas à voir ce qu'ils contenaient mais je supposais que sur les trois, il y aurait une photo de sa fille. J'avais tort. Il a ouvert le tiroir de son bureau, fouillé dedans un moment avant d'en tirer un cadre argenté qu'il m'a tendu. C'était bien Nadine. À l'époque où elle allait mieux. Elle portait une robe de satin blanc et tenait un petit bouquet de fleurs blanches. La photo avait sans doute dû être prise à l'occasion d'un bal de débutantes. Elle sou-riait. Je me suis rendu compte que je ne l'avais jamais imaginée en train de sourire.

« Savez-vous où elle se trouve aujourd'hui ?

– Je ne l'ai pas vue depuis des mois.

– Avez-vous tenté de la retrouver récemment ? Avez-vous engagé quelqu'un dans ce but ? »

Il m'a dévisagée comme si j'essayais de l'arna-quer. « C'est ce qu'a voulu savoir la police. Je ne sais pas qui vous êtes, madame, ni ce que vous vou-lez, mais je n'ai jamais engagé personne pour retrou-ver ma fille. Je sais qui elle est et ce qu'elle est. J'ignore où elle se trouve, si elle est morte ou vive. Et je ne veux pas le savoir. »

Je ne sais pas quel genre de réaction il pensait provoquer chez moi, mais je n'en ai eu aucune. Au bout d'un moment, le son de sa propre voix a commencé à lui manquer et il s'est remis à parler.

« J'ai fait tout mon possible pour elle. Pour chacun de mes enfants. J'en ai trois. Les deux autres sont bien, Dieu merci. Mon fils est en faculté de médecine et ma fille fiancée à un garçon qui va devenir avocat. Mais Nadine… elle a toujours été une source d'ennuis. Elle a commencé par causer des problèmes avec les voisins, et puis…

– Quel genre de problèmes ?

– Avec le père de famille. C'est un vieil ami à moi, le type le plus gentil qui soit. Elle a raconté qu'il a fait tout un tas de choses, des choses complètement folles…

– Je comprends.

– Elle n'a pas arrêté de nous causer du tracas depuis. Je l'ai envoyée à Barnard – vous savez ce que ça coûte ? – et elle n'a fait que s'attirer des ennuis, elle a échoué aux examens et causé tout un tas de problèmes. Elle ne venait plus jamais à la maison…

– Où habitez-vous, monsieur Nelson ?

– Dans le quartier de New Village, à Westchester. Mais je ne vois vraiment pas pourquoi je vous donne tous ces détails. Ce problème ne vous concerne pas et je n'ai toujours aucune idée de ce que vous pouvez bien vouloir. Je peux vous dire que je n'ai prévu d'offrir aucune récompense au cas où l'on retrouverait ma fille, si c'est ce que vous croyiez. Je ne suis pas à sa recherche.

– Oui, je comprends. Mais si ça ne vous ennuie

170

pas, encore quelques questions. Elle ne venait jamais plus vous voir…

– Oui. Elle ne rentrait plus jamais à la maison. Elle s'était fait tous ces nouveaux amis, bohèmes, ou peu importe le nom qu'on leur donne – des voyous si vous voulez mon avis –, et c'est à cause d'eux qu'elle s'est mise à se droguer. Nous avons tenté de l'aider des milliers de fois, nous avons fait tout ce que nous avons pu mais elle ne voulait pas arrêter. Elle a fini par se faire renvoyer de l'université et puis, elle est partie.

– Quand l'avez-vous vue pour la dernière fois ?

– Un mois avant son renvoi, je dirais. Sa mère en a eu le cœur brisé.

– Et vous ne l'avez pas revue depuis ?

– Je ne l'ai pas revue et je ne veux pas la revoir. Ce n'est plus ma fille. »

J'ai acheté une carte routière dans une station-service pour trouver mon chemin jusqu'à New Village. Une fois dans les parages, je me suis servie de l'annuaire d'un drugstore pour trouver l'adresse des Nelson. J'avais déjà entendu parler d'endroits comme New Village mais je n'avais jamais rien vu de pareil. Des maisons en tout point identiques sur des pâtés de maisons entiers, comme surgies un jour de nulle part et d'un seul bloc. Une voiture neuve dans chaque allée. Devant chaque maison, un petit carré de pelouse dont chaque brin mesurait exactement la même longueur. Certaines dames avaient des parterres de fleurs, et même les fleurs se ressemblaient toutes, avec leurs petits boutons roses. Il n'y avait pas âme qui vive dans la rue, ce qui était logique puisqu'il n'y avait pas de trottoir – la pelouse donnait directement sur la route. Ça faisait froid dans le dos.

Chaque rue de New Village portait le nom de quelque chose de joli : allée du Crépuscule, allée de l'Oiseau moqueur, rue de la Feuille d'érable. Les Nelson vivaient dans l'avenue Plaisante. Madame Nelson m'a ouvert dès que j'ai sonné.

« Madame Nathaniel Nelson ?

– Oui, puis-je vous être utile ? »

Elle souriait mais sans enthousiasme. Elle devait avoir la quarantaine, elle était mince, jolie, avec des cheveux blonds coupés court et savamment coiffés et portait une robe bleue toute simple. La ressemblance avec Nadine sautait aux yeux. Elle portait une épaisse couche de maquillage. Je me suis demandé qui pouvait bien mettre autant de maquillage pour passer sa journée à la maison, à New Village.

J'ai cru entendre quelqu'un parler. Mais quand j'ai jeté un coup d'œil à l'intérieur, j'ai aperçu un poste de télévision dans le salon. Je n'en avais jamais vu, à part dans les magasins. C'était incroyable, comme un cinéma miniature, là, dans sa maison, à part que l'image était réduite et floue : deux dames étaient installées à une table de cuisine. « Je ne comprends pas », disait l'une d'elles. Vu sa tête, elle était déchirée. « Bob ne termine plus JAMAIS son petit-déjeuner. »

L'autre lui a adressé un regard plein de sagesse. « Tu as essayé Vita-Crunch ? elle a demandé, en faisant une tête d'enterrement. Tu sais, neuf médecins sur dix recommandent Vita-Crunch. »

Pour la seconde fois ce jour-là, j'ai trouvé que j'avais de la chance. Au moins, je faisais autre chose de mes journées que me maquiller pour regarder des publicités pour les céréales.

« Oui. Je viens vous voir à propos de votre fille Nadine. »

Le sourire de madame Nelson s'est évanoui. « Elle va bien ? »

Elle n'a pas mentionné la venue de policiers. Je me suis dit qu'ils n'avaient pas dû perdre de temps à interroger la mère de famille.

« Je ne sais pas. C'est pour ça que je suis là.

– Voulez-vous entrer ?

– Non, merci. »

Comme j'ai dit, l'endroit faisait froid dans le dos.

« Je travaille pour un détective privé de New York, madame Nelson. Nous avons toutes les raisons de croire que votre fille a été témoin d'un crime et nous espérons sincèrement qu'elle pourra nous aider. Avez-vous la moindre idée d'où elle se trouve ?

– Non, je… Est-ce que Nadine va bien ?

– Quand l'avez-vous vue pour la dernière fois ?

– Il y a environ un mois.

– Et avez-vous récemment chargé quelqu'un de la retrouver ? »

Elle a eu l'air déconcerté et a fait non de la tête.

« Non, voyez-vous… ce n'est pas comme si je ne la voyais jamais. De temps à autre, je vais la retrouver en ville.

« – Où ça ?

– Dans une cafétéria, un café, ce genre d'endroit. Voyez-vous, je ne peux pas l'emmener dans un endroit chic. Pas avec l'allure qu'elle a.

– Quel genre d'allure ?

– Maigre, sale… elle a l'air d'une prostituée, a répondu madame Nelson en grimaçant. D'une droguée et d'une fille qui fait le tapin, elle s'est emportée. Vous avez des enfants ?

– Non. Je ne peux pas en avoir. »

Elle a scruté mon visage. En général, il n'y a pas trente-six raisons pour qu'une femme en bonne santé ne puisse pas avoir d'enfants. Une femme comme elle pouvait peut-être trouver un vrai docteur si elle en avait besoin. Mais pas moi.

« Je suis navrée », elle a balbutié. Je n'ai rien répondu.

« Vous n'avez pas idée, elle a repris avec plus de douceur. Vous n'avez pas idée… voir sa propre fille dans cet état-là.

– Vous avez déjà essayé de la ramener à la maison ? »

Madame Nelson a secoué la tête et baissé les yeux.

« Oh, non, c'est impossible. Elle ne pourrait pas revenir ici. Son père… Il n'apprécierait pas du tout. Elle ne pourrait pas vivre chez nous. Pas dans cet état-là.

– Et ses frère et sœur ?

– Nadine n'a jamais été proche d'eux. Elle est beaucoup plus jeune. »

Elle a eu un pâle sourire.

« J'ai… J'ai eu des problèmes intimes moi aussi, et je croyais ne plus pouvoir avoir d'enfants jusqu'à l'arrivée de Nadine.

– La dernière fois que vous l'avez vue, où vivait-elle ?

– Chez des copines, je crois. Je ne sais pas. Peut-être avec un homme. J'ignore à quel endroit elle vivait ou comment elle gagnait de quoi vivre. Bien sûr, je lui ai donné tout ce que j'ai pu à chaque fois que je l'ai vue mais Nathaniel m'octroie un certain budget et j'ai une marge de manœuvre réduite. Il ne souhaite pas que je lui donne de l'argent, il s'est montré très ferme sur ce point. Il ne sait pas qu'il m'arrive de la voir.

– Comment restez-vous en contact ? Elle a laissé un numéro de téléphone ou…

– Non, a répondu madame Nelson. Je suppose qu'il n'y a pas de téléphone dans le genre d'endroits où elle vit. Elle m'a toujours appelée à chaque fois… qu'elle était à bout, j'imagine.

– Et cette histoire avec le voisin ? J'ai entendu dire qu'il y a eu un problème avec le voisin, c'est ça ? »

Madame Nelson a regardé partout sauf dans ma direction.

« Je ne sais pas. Nathaniel a dit que c'était impossible. Qu'il ne ferait jamais… Nadine a toujours été… théâtrale, je suppose que c'est le terme approprié. C'était une artiste, vous savez.

– Je sais. J'ai vu un de ses dessins. Il était beau.

– Elle est douée, n'est-ce pas ? » a remarqué madame Nelson en souriant.

Je lui ai rendu son sourire. «Vous savez, elle a repris, j'ai toujours aimé dessiner moi aussi, mais je n'en ai jamais eu l'opportunité… Bref, cela m'a fait tellement plaisir quand Nadine s'y est intéressée. Voilà quelque chose qui me donne de l'espoir. Au moins, elle a quelque chose… »

Elle s'est mise à pleurer mais a réussi à se maîtriser. C'était ce qu'elle faisait de mieux. Je lui ai demandé des précisions sur les endroits où il lui était arrivé de rencontrer Nadine. Elle se souvenait de deux : un café ukrainien dans le Lower East Side et une cafétéria près de Times Square mais ne connaissait pas leur nom. Il y en avait plus d'une dizaine de chaque. Ça ne m'avançait pas.

«Vous croyez qu'elle va bien? a voulu savoir madame Nelson avant que je parte.

– Ouais, j'ai menti. Je pense que ça va. D'après ce que vous m'avez dit, je pense que tout ça n'est qu'un énorme malentendu. La fille qui a été mêlée à toute cette affaire, je ne crois pas du tout que ce soit Nadine. Je suis sûre que Nadine va bien. Je vous tiens au courant.

– Vraiment? Vous pensez vraiment qu'elle va bien?

– J'en suis sûre, j'ai répété avec un sourire forcé. C'est un simple malentendu. Nadine n'a pas le moindre ennui. »

J'ai senti en elle un tel soulagement qu'il en est presque devenu communicatif.

«Et pour qui travaillez-vous déjà? elle m'a demandé. J'ai été tellement surprise quand vous avez sonné que j'ai oublié ce que vous m'avez dit.

– Je ne manquerai pas de vous avertir quand j'aurai retrouvé Nadine », j'ai annoncé en regagnant la voiture.

Juste pour faire bonne mesure, j'ai jeté un caillou dans une vitre de la maison des voisins avant de quitter New Village.

19

Le trajet de retour en ville m'a semblé plus long que l'aller. C'était exactement ce que je pensais : la famille de Nadine n'avait aucune idée d'où elle pouvait se trouver et n'avait rien à voir avec toute cette affaire. Il y avait gros à parier que Jerry avait laissé tomber Nadine dès qu'il avait eu des ennuis. La fille du Royale m'avait expliqué que Nadine partait retrouver Jerry quelque part ce soir-là. Il ne s'était probablement jamais pointé. Elle savait où ils avaient volé la came. C'était probablement le propriétaire de la came qui avait tué McFall. Et j'avais à peu près autant de chance de retrouver la fille que de mettre la main sur la poule aux œufs d'or. Dire que j'avais cru être dans l'impasse. Je n'avais aucune idée de ce que signifiait être dans l'impasse avant aujourd'hui. J'allais arrêter de perdre mon temps à la chercher. Il y avait d'autres façons de découvrir avec qui McFall traitait.

Dans le Bronx, dans le nord, là où c'était encore la campagne, je me suis arrêtée dans une station-service pour faire le plein de la Rocket 88. C'est là que j'ai remarqué quelque chose de bizarre. Sur la route, derrière moi, j'avais repéré une Chevrolet noire, un modèle qui datait de quelques années, une grosse voiture poussiéreuse qui avait besoin d'être nettoyée – cela dit, depuis le temps que je roulais, celle de Jim aussi. Je l'avais remarquée parce que, en dépit de mes changements de file répétés pour essayer de gratter quelques secondes par-ci par-là, la conduite intérieure noire était toujours derrière moi. Ça n'avait rien de vraiment étrange.

Sauf que maintenant, cette même voiture arrivait à son tour à la station-service. Elle ne s'est pas dirigée vers les pompes à essence mais vers le magasin, comme si le conducteur allait s'acheter un Coca. Sauf qu'il n'est pas sorti de la voiture. J'avais dû passer devant cinq stations-service au moins avant celle-ci qui n'avait d'ailleurs rien de spécial.

Le pompiste s'est approché de la portière côté conducteur.

«Désolée, j'ai dit, j'avais oublié : je n'ai pas de liquide. Je reviendrai plus tard.

– Ouais, c'est ça», a grommelé le gamin en s'éloignant.

J'ai attendu un instant. Personne n'est descendu de la Chevrolet. J'ai quitté la station-service pour reprendre mon chemin vers le sud. La Chevrolet m'a suivie. Je suis restée dans la même file pour que le conducteur puisse me coller et pour bien voir sa tête. Mais il n'a pas procédé comme je l'avais prévu. Il me suivait, certes, mais il n'était pas si bête et il a laissé quelques véhicules le doubler.

Pendant tout ce temps, je m'étais demandé comment on avait pu me suivre jusqu'à chez McFall sans que je m'en aperçoive. Parce que j'étais persuadée d'avoir été suivie – c'était la seule façon de s'assurer que je l'avais retrouvé. Mais maintenant, je me rendais compte qu'il était assez facile de suivre quelqu'un. Si je ne m'étais pas arrêtée à la station-service, je n'aurais jamais remarqué la Chevrolet.

La Chevrolet restait à bonne distance et à la station-service suivante, je suis entrée et j'ai laissé le pompiste faire le plein. Pendant ce temps, la Chevrolet est entrée, pas du côté des pompes à essence mais encore une fois du côté du magasin.

Pendant que le gamin faisait le plein, je suis descendue de la voiture pour m'approcher de la Chevrolet. Le conducteur a quitté sa place de parking pour reprendre la route à une telle vitesse qu'on aurait dit que je l'avais menacé d'une arme.

Ça ne me dérangeait pas d'être suivie. Je ne faisais aucun secret de ma destination. Mais en revanche, je voulais savoir qui me suivait. C'était sans doute la même personne qui m'avait filée jusqu'à Brooklyn. Et si ce type ne s'était pas chargé du meurtre de McFall lui-même, il devait savoir qui avait fait le coup. Mon emploi du temps n'intéressait personne d'autre. Cela dit, le type était loin à présent et je n'avais plus qu'à attendre la prochaine occasion pour pouvoir le coincer.

J'étais sûre qu'une nouvelle occasion se présenterait.

Jim est venu à la porte avec à la main un exemplaire du *Daily News* ouvert à la page divertissement.

« Je sais tout », il a annoncé. Je suis entrée et je me suis assise sur le canapé pour lire le journal. Il y avait une photo de Shelley. J'ai jeté un coup d'œil à la colonne adjacente.

« L'adorable Shelley Dumere tiendra bientôt le premier rôle dans le programme télévisé hebdomadaire *La Vie avec Lydia*. La starlette, qui a du sex-appeal à revendre, donnera la réplique à Tad Delmont et incarnera Lydia Livingston, femme au foyer loufoque dont les clowneries et les gaffes ne manqueront certainement pas de nous amuser chaque semaine… »

« Super, je me suis écriée. Écoute, il faut que je te parle de ta voiture. » Le sourire de Jim s'est évanoui. Je lui ai dit que la voiture n'avait rien. C'était juste que je n'allais pas la lui rendre tout de suite, si ça ne le dérangeait pas, parce que j'allais peut-être en avoir besoin, vu que j'étais accusée de meurtre et que j'allais devoir me déplacer pas mal.

Jim est allé au bar nous servir à boire dans les fameux verres décorés de coquillages dorés et il est resté là à m'écouter lui raconter tout ce qui s'était passé depuis la dernière fois qu'on s'était vus.

« Qu'est-ce que tu vas faire alors ? » il a demandé au bout d'un moment.

Il m'a fallu un instant pour me rendre compte de ce que je n'aimais pas dans sa question. C'était l'emploi du pronom *tu*. J'avais pensé qu'il se servirait de *nous*. Il m'a apporté mon verre avant de retourner s'appuyer au bar.

Je l'ai dévisagé. Il avait le regard vide. Comme s'il était en train de verrouiller une part de lui-même qu'il ne laisserait plus jamais s'exprimer. Pas devant moi en tout cas.

Je ne lui en voulais pas. Jim m'avait soutenue dans des moments difficiles mais cette fois, c'était une autre paire de manches. Il ne pouvait pas se permettre d'avoir ce genre d'ennuis. Personne ne le pouvait.

« Je vais découvrir qui a tué Jerry McFall. »

J'ai regardé Jim. Il scrutait son verre. « Si je peux faire quoi que ce soit, n'importe quoi… »

C'était gentil, quand on y pense. Il disait tout ce qu'il était censé dire. Il n'arrivait simplement pas à me regarder dans les yeux en le disant. Parfois, j'avais du mal à croire que Jim était un arnaqueur professionnel tellement il était peu doué pour mentir.

« Non, j'ai répondu, je ne crois pas.

– Je vais voir ce que je peux découvrir. »

Il regardait le bar maintenant.

« Je vais parler à certaines personnes. Me renseigner à droite à gauche.

– D'accord, merci. »

Je me suis levée en disant à Jim qu'il était temps que j'y aille. Il avait presque l'air soulagé. Et puis, il m'a regardée dans les yeux.

« La voiture, elle est à toi, Joe, tant que tu en auras besoin. Garde-la. C'est le moins que je puisse faire. »

Le moins qu'il puisse faire. Et il n'en ferait pas davantage.

« Ça va aller, Joe », il m'a encouragée au moment où je suis partie.

C'était une affirmation, pas une question, et je me suis dit que la moindre des choses à faire, c'était de lui dire : « Ouais, ça va aller. »

***

Le temps de rentrer chez moi, il était minuit passé. Je suis restée étendue dans mon lit à chercher le sommeil pendant des heures. J'ai essayé d'arrêter de réfléchir, en vain.

J'avais toujours du mal à dormir. Il m'arrivait encore de rêver de la came. Dans mes rêves, je traînais dans un endroit banal, je marchais le long de la Cinquième Avenue ou un truc comme ça et puis, tout d'un coup, je me retrouvais dans une petite pièce sombre qui ressemblait à l'une des mille petites pièces sombres dans lesquelles je m'étais souvent retrouvée ; elle était pleine de gens en train de se piquer, moi la première. J'avais sorti ma seringue, j'avais un garrot autour du bras, quelqu'un faisait chauffer une grosse dose de came dans une cuillère, je sentais cette odeur si particulière et puis je me piquais.

Oh, non, je me disais, *non, non, non. Ça ne va pas recommencer. Plus jamais.* C'était comme si tout le mal que je m'étais donné depuis deux ans et à chaque fois que j'avais essayé d'arrêter, à chaque fois que j'avais été en manque, tous ces frissons, ces larmes, les grincements de dents si violents qu'elles s'étaient ébréchées, la monstrueuse volonté dont j'avais dû faire preuve et dont je devais encore faire preuve jour après jour, comme si tout ça n'avait servi à rien. Parce que je retombais dedans. J'avais tellement honte de moi que je me mettais à pleurer. Comment est-ce que je pouvais redevenir si faible, si bête, alors que je m'étais donné tant de mal et que j'avais tant prié ?

Non, je me disais. *Pour l'amour du ciel, non.*

Mais en même temps, je me disais : *Oui, pour l'amour du ciel, oui.*

J'ai fini par me lever, approcher une chaise de la fenêtre pour regarder le soleil se lever sur la Seconde Avenue. Il n'y avait pas âme qui vive. On aurait dit que la ville avait été désertée par tous ses habitants, que c'était une ville fantôme. Les rues se sont teintées de noir, de gris, de rose puis d'or, et puis le ciel a pâli jusqu'à ce que le soleil se lève et que le ciel vire au bleu. Bientôt, quelques camions se sont mis à circuler avec un bruit de ferraille pour livrer du pain, des journaux et du lait et la vie a lentement repris ses droits. Les gens ont regagné un à un leur place sur les trottoirs, les voitures et les bus la leur sur la chaussée et on aurait dit que le silence qui régnait quelques heures plus tôt n'avait jamais existé. Comme s'il en avait toujours été ainsi et que cela ne changerait jamais. Et à la regarder d'ici, en haut, j'avais l'impression que la ville m'appartenait ; j'aurais voulu que cette impression dure toujours.

20

Le lendemain après-midi, je suis allée jusqu'au Red Rooster. Harry n'y était pas, mais ça m'était égal parce que je savais où il créchait. Le Prince George dans le Bowery louait des chambres à la nuit. D'après ce que j'avais entendu dire, en plus du comptoir de la réception, chaque lit était entouré de grillage à poules, histoire de protéger chaque client du type d'à côté. Voilà comment vivait Harry l'Échalas.

Comme tous les autres hôtels Prince Machinchose, celui-là avait jadis été plus élégant qu'il ne l'était aujourd'hui, guère plus cela dit. D'un côté du hall d'entrée, on trouvait un comptoir en bois délabré. Sur la gauche, une petite salle d'attente où une poignée de vieux étaient installés sur des sièges défoncés. La moitié était dans les vapes et l'autre moitié était saoule. Ils portaient des chemises élimées et leurs chapeaux, quand ils en avaient, étaient sales et cabossés. Il y en avait trois qui discutaient des courses. L'un d'eux avait Lucky Lucy pour favorite dans la troisième du lendemain.

Il n'arrêtait pas de répéter : « Si seulement je

pouvais aller à Belmont, je ferais faire quinze petits à cette pièce d'un dollar. J'en suis sûr. »

J'ai entendu un type pleurer à l'étage. Les sanglots se sont répercutés dans le hall d'entrée. Alors que j'essayais d'attirer l'attention du vieux posté derrière le comptoir, un autre type est entré dans l'hôtel, un homme d'allure respectable qui portait un costume noir. Le vieux derrière le comptoir s'est réveillé.

« Ah, non, espèce de salopard ! il a hurlé. T'as pas compris quand je t'ai dit de ne plus remettre les pieds ici ? »

Sans un mot, l'homme d'allure respectable a fait demi-tour pour ressortir. Le réceptionniste s'est tourné vers moi.

Je lui ai dit que j'avais besoin de voir Harry tout de suite. « Pas question que je bouge d'ici. Mais tu peux demander à un des gus d'aller te le chercher. »

Il a lancé un coup d'œil vers le hall d'entrée. Je me suis approchée d'un des gus, comme il les avait appelés, un Noir baraqué ; ce vieux débris donnait au moins l'impression d'être encore en vie. Suffisamment en tout cas pour monter chercher Harry.

« Hé, monsieur, vous connaissez Harry l'Échalas ? Je vous donne un dollar si vous montez le chercher pour moi. »

Il m'a regardée. Sans réagir. J'ai sorti un dollar de mon sac. « Regardez, voilà le billet, je ne raconte pas de blague. Il est à vous si vous allez chercher mon copain. »

Il ne réagissait toujours pas. Je lui ai donné le billet. Il l'a pris. Là, il a souri et tout à coup, il n'a plus eu l'air d'un vieux clodo noir qui glandait dans le hall de l'hôtel Prince George. Il avait l'air de quelqu'un avec qui on aurait aimé prendre un café.

« D'accord, il a annoncé. Je reviens avec Harry avant que vous ayez le temps de dire ouf. »

Je n'ai pas eu le temps de dire ouf que Harry était descendu à toute bringue. Je ne sais pas ce que le vieux lui avait raconté mais Harry avait l'air content, comme si quelqu'un passait lui offrir un chiot et une pute à dix dollars. Cela dit, quand il m'a vue, son sourire s'est évanoui et il a eu l'air exaspéré.

« Oh, bonté divine, Joe. J'en ai pas déjà assez fait pour toi ? »

Je l'ai pris par le bras pour l'emmener dans la rue avant de dire quoi que ce soit. Les vieux nous ont ignorés. Quand je me suis tournée vers lui, il s'est raidi, comme s'il croyait que j'allais le frapper.

« Ouais, espèce de pourri, tu m'as bien aidée. Tu m'as fait accuser du meurtre de Jerry McFall. »

Harry a fait la grimace en me regardant.

« Mais Jerry n'est pas mort, Joe. De quoi tu parles, bon sang ?

– Maintenant, si, espèce de demeuré. »

Harry a grimacé encore plus violemment ; puis son visage s'est détendu pour exprimer quelque chose qui ressemblait à de la tristesse. Il a plusieurs fois fait mine de parler mais s'est montré incapable de prononcer un seul mot.

« J'arrive pas à le croire, Jerry s'est fait buter.

– Ouais, j'ai admis, radoucie. Jerry s'est fait buter. Tu n'es au courant de rien ?

– J'ai besoin de m'asseoir. »

Comme il était pâle, on est rentrés s'installer à

côté des vieux. J'ai laissé quelques minutes à Harry avant de lui demander s'il savait quoi que ce soit d'autre sur le dernier coup de Jerry avant sa mort.

Il m'a ignorée.

« Bon Dieu, Jerry est mort, il a répété. Je faisais des trucs pour lui, tu vois, je lui rendais service et il s'occupait toujours de moi. Il s'est toujours bien occupé de moi. Maintenant… je sais pas ce que je vais faire maintenant.

– Ça ira.

– Je peux plus travailler comme avant, il a dit en secouant la tête. Tu te souviens des coups qu'on faisait ? Comme celui de Buffalo ? Et cette autre fois à Chinatown avec Easy Mike ?

– Bien sûr, je me souviens.

– Ouais. Je peux plus faire ces trucs-là aujourd'hui. Pas depuis la guerre. Je me suis bousillé la tête. »

Il s'est donné une petite tape sur le front du revers de la main.

« C'est pour ça que je rends de petits services et des trucs comme ça maintenant. Je me suis bousillé la tête.

– Ça ira. Alors, Jerry était gentil avec toi, hein ?

– Je sais pas. Pas vraiment. On était pas vraiment amis, contrairement à ce que j'ai essayé de faire croire à tout le monde, toi y compris. Je lui rendais service, c'est tout. Des fois, il me traitait d'imbécile et d'autres trucs du genre. Mais il ne m'a jamais arnaqué. Amène ce paquet à telle fille et je te file un dollar, qu'il me disait. Il me donnait toujours un dollar par-ci, vingt-cinq cents par-là. Maintenant, je sais pas ce que je vais faire.

– Écoute, Harry, je sais que tu es secoué, mais je veux que tu réfléchisses une minute. Que tu réfléchisses vraiment. Tu vas m'aider à découvrir qui a tué Jerry. Tu sais d'où il tenait sa came ?

– Je réfléchis, Joe, vraiment je t'assure. Mais il ne m'a jamais confié ce genre de truc. Il m'arrivait de livrer la came aux filles de sa part quelquefois. Mais je ne l'ai jamais accompagné la récupérer. Je ne suis au courant de rien. »

J'ai pris une profonde inspiration. « D'accord. Et le coup qu'il a fait, celui qui l'a poussé à partir se planquer à Sunset Park ? Est-ce que tu as quelque chose à me dire là-dessus ? N'importe quoi ? »

Harry a réfléchi un long moment.

« Il ne m'a jamais mis au courant de ces trucs-là. Il se trouve que cette fois-là, il m'a appelé pour me demander d'aller chercher quelques affaires chez lui et de les lui amener à Sunset Park. Il m'a appelé au Red Rooster – y a pas de téléphone ici.

– Qu'est-ce qu'il a dit au téléphone ? »

Harry a pris le temps de réfléchir. « "J'ai piqué de la dope à un type, mais ça n'a pas tourné comme je l'avais prévu", il a dit au bout d'un moment en donnant une bonne imitation de la voix mielleuse de Jerry. Bien sûr, je savais ce que ça voulait dire. Je ne suis pas idiot. Il avait essayé d'arnaquer quelqu'un et s'était fait pincer. Alors je lui ai demandé si ça allait et tout, et il a répondu : "Ouais, je vais bien. Je vais te dire, Harry, ça valait le coup juste pour baiser ce pourri. Tu les connais, ces types qui se croient plus forts que les autres."

– Et après, qu'est-ce qui s'est passé ?

– Après, il m'a demandé d'aller prendre certains trucs chez lui – deux ou trois costumes, des sous-vêtements, des trucs comme ça – et de les lui apporter à Brooklyn. Et c'est ce que j'ai fait. »

Je lui ai montré la photo de Jerry et Nadine. Au point où on en était, elle commençait à devenir toute fripée et tout écornée.

« Et Nadine ? Tu l'as déjà rencontrée ?

– Oh, cette fille-là ? s'est écrié Harry en regardant la photo, le sourire aux lèvres. Ouais, elle traînait pas mal avec Jerry à un moment donné. Très gentille. Une fille adorable. Mais quand je suis allé à Sunset Park, il était avec une autre. J'ai demandé où était Nadine et Jerry m'a répondu que ça valait plus le coup de se compliquer la vie avec elle maintenant. C'est exactement ce qu'il a dit. "Ça vaut plus le coup de se compliquer la vie avec elle maintenant." »

C'était tout ce que savait Harry. Je m'apprêtais à partir quand j'ai eu une idée. Je lui ai demandé s'il avait toujours la clé de l'appartement de Jerry.

« Bien sûr, il a répondu, je l'ai sur moi. » Il l'a sortie de sa poche. Je lui ai demandé si je pouvais l'avoir.

« Je sais pas, il a articulé lentement. Est-ce qu'on serait quittes après ? Je veux dire, une fois pour toutes ?

– Harry, on est quittes, je t'assure. »

Je lui ai filé dix dollars en lui disant de faire attention à lui. Il m'a passé la clé.

**

En roulant vers le nord dans Bowery, j'ai repéré une Chevrolet noire derrière moi. J'étais arrêtée à un feu rouge et je l'ai vue à quelques voitures de moi en train d'attendre que le feu passe au vert. Le revoilà, je me suis dit. J'ai réfléchi à une tactique. Est-ce que j'avais envie de le semer ou de l'attirer pour découvrir qui c'était ? Si c'était la confrontation que je cherchais, il me suffisait de ne pas redémarrer quand le feu passerait au vert. Il ne pourrait pas éviter de contourner la voiture et peut-être que ça me permettrait de bien voir sa tête…

C'est là que j'ai remarqué autre chose. Quelques voitures derrière lui, il y avait une autre Chevrolet noire. J'ai tourné la tête. Il y en avait une autre garée à l'angle de la Quatrième Rue. J'ai regardé en l'air. De l'autre côté de la rue, au-dessus du portail d'un parking situé à l'intersection de Bowery et de la Quatrième Rue, il y avait un panneau d'affichage sur lequel s'étalait la publicité pour une Chevrolet noire dans laquelle avaient pris place les quatre membres d'une famille. Un chien passait la tête par la fenêtre. Ils avaient l'air de partir en pique-nique.

« Chevrolet. La voiture la plus POPULAIRE d'Amérique ! » on pouvait lire sous la publicité.

21

Jerry vivait dans la Vingt-Septième Rue Ouest, dans une *brownstone*, une de ces maisons particulières de pierre brune converties en appartements. La serrure de la porte d'entrée de l'immeuble était défoncée et à l'intérieur, ça sentait le poulet bouilli. L'appartement de Jerry était au quatrième sur cour. J'ai jeté un coup d'œil pour être sûre que personne ne me voyait avant de m'introduire chez lui. J'étais consciente d'être en train de faire une bêtise. Les flics enquêtaient toujours sur moi et ils pouvaient débarquer d'une minute à l'autre. Mais si je ne faisais pas de vieux os dans l'appartement, ça devrait aller.

On aurait dit qu'un ouragan avait dévasté l'appartement de Jerry. Soit les flics l'avaient déjà fouillé, soit son meurtrier était venu chercher sa came, voire les deux. Le contenu des placards, des commodes et de tous les rangements jonchait le sol. Les meubles avaient été renversés et crevés à coups de couteau. Même chose dans la chambre : tout était détruit. J'ai fait le tour de la pièce en m'efforçant de ne rien bousculer. Me trouver dans l'appartement d'un mort me fichait la trouille.

On croirait être capable d'en dire long sur quelqu'un en voyant son intérieur, mais rien ici ne sortait du lot. En voyant le miroir, on ne pensait pas automatiquement : « Ça, c'est du Jerry McFall tout craché ! » C'était juste un miroir tout simple suspendu à la porte de la chambre. On ne pouvait pas dire du canapé : « C'est exactement le genre de canapés qu'un maquereau irait s'offrir. » Jerry avait des meubles très simples. Je ne sais pas ce que j'avais espéré trouver ici. Peut-être une grosse pancarte indiquant « TARTEMPION M'A TUÉ » aimantée au Frigidaire.

J'ai tout inspecté de près. Il y avait des ustensiles ménagers, des trucs qu'on aurait pu trouver dans n'importe quel appartement : tasses à café, cendriers, tire-bouchon, ouvre-boîtes. Magazines. Romans de gare. Vêtements. Un étui à cigarettes. Des pochettes d'allumettes. Des disques. Un oreiller qui avait atterri au salon. Dans la chambre, sur le matelas lardé de coups de couteau, j'ai trouvé un petit cerf en céramique. Pas le moindre signe, indice ni message secret.

Sur une pile de vieilleries dans un coin du salon, j'ai trouvé le répertoire téléphonique de Jerry. C'était l'un de ces répertoires automatiques où on fait glisser la molette vers la lettre de son choix. Je l'ai fait glisser vers A pour ouvrir le répertoire. La plupart des noms ne signifiaient rien pour moi. J'aurais pu appeler tout le monde pour demander si quelqu'un savait qui avait tué Jerry. Ça ne se passerait probablement pas très bien. Mais je connaissais certaines des personnes répertoriées. Harry, par exemple, suivi de Red Rooster. Jim y était aussi. Je n'ai pas été surprise. Il m'avait avoué connaître Jerry. J'ai continué à feuilleter le répertoire. Beaucoup de prénoms féminins : Hazel, Carla, Nadine.

Et Shelley.

J'ai tout laissé comme je l'avais trouvé et suis redescendue.

Garée devant l'immeuble, il y avait une voiture de police avec Springer au volant. Garée à quelques mètres de là, j'ai vu une Chevrolet noire.

« Si tu comptes t'échapper, tu peux oublier tout de suite, Joe, s'est écrié Springer. Je t'embarque. »

« Un des voisins m'a appelé pour me signaler qu'il y avait quelqu'un chez McFall, m'a expliqué Springer dans la voiture. C'est drôle parce que j'allais venir te trouver aujourd'hui de toute façon. Alors, tu m'as évité de me mettre en quatre. J'ai un paquet de témoins qui affirment que tu essayais de retrouver McFall, des gens qui disent que tu le connaissais depuis des années. Je pense que l'heure est venue d'avoir une petite conversation tous les deux. »

Alors, je l'ai accompagné au commissariat pour parler. Nous avons parlé pendant au moins dix heures. C'était assez bizarre comme conversation parce qu'à chaque fois que je disais quelque chose, il ne me croyait pas. Springer n'arrêtait pas de cogner la table avec un gros annuaire en me menaçant de me faire la même chose si je ne lâchais pas le morceau. Je lui ai dit que c'est ce que j'étais en train de faire.

« Écoute, Joe, il a dit. Le maire commence à avoir les boules à cause de toute cette came dans les rues et on va plus se laisser emmerder par les camés et les dealers à partir de maintenant. Cette histoire est allée trop loin. Parce que vous dérangez les bonnes gens, les gens normaux. Ils ne peuvent même plus se promener à Times Square sans que ça les rende malades de vous voir, vous, espèces de sacs d'os, en train de faire la manche, de chercher des ivrognes à dépouiller ou des touristes à dévaliser. »

Je lui ai affirmé ne plus me droguer. Il m'a traitée de menteuse. J'ai retroussé mes manches pour lui montrer les plaies cicatrisées sur mes bras depuis belle lurette. J'ai demandé qu'une femme flic me fouille au corps. Springer m'a répondu qu'il n'y avait pas de femme flic dans son district et qu'il se ferait un plaisir de me fouiller lui-même mais que ça ne mènerait à rien parce que nous, satanés camés, on trouvait toujours de nouveaux endroits où se piquer. Il avait raison sur ce point.

« Une chose est sûre, je me porte mieux sans Jerry McFall, il a déclaré. Mais il faut que je mette de l'ordre dans ce foutoir avant que ce soit l'escalade. J'ai pas envie qu'une guerre éclate dans les rues. »

Je n'avais pas dormi depuis une vingtaine d'heures. Je me suis assoupie plusieurs fois mais Springer m'a réveillée en me donnant un coup derrière la tête. Pas avec l'annuaire, cela dit.

Et puis, il a essayé une approche plus amicale. « À part la fille et toi, bien sûr, Joe, la dernière personne à avoir vu McFall vivant, c'est le vieux Harmon. Ils ont été vus ensemble au Happy Hour, la veille du jour où Jerry est parti se planquer à Brooklyn – la nuit du onze. Alors, qu'est-ce que tu dis de ça, Joe ? Si tu travailles pour Harmon, tout ce que tu as à faire c'est me le dire et on passe un marché. »

Je connaissais le vieux Harmon. Springer se trompait, bien évidemment : c'était loin d'être le dernier à avoir vu Jerry vivant. Parmi ceux qui l'avaient vu ce jour-là, il y avait moi – Springer l'avait assez souligné –, Harry, qui lui avait apporté ses affaires, le tueur, et nous n'étions sans doute pas les seuls. Mais pour en revenir à Harmon, s'il avait le moindre tuyau sur McFall, je pouvais compter sur lui pour être réglo avec moi.

« Allez, Joe, m'a encouragée Springer en s'efforçant toujours d'être amical. Si c'est Jim qui t'a impliquée dans cette histoire, tout ce que tu as à faire, c'est de me le dire. Pourquoi servir de bouc émissaire ? »

Je ne voulais servir de bouc émissaire à personne et je le lui ai dit.

Finalement, Springer a reçu un coup de fil lui annonçant qu'un homme d'affaires de Cleveland avait été tué par balle à la gare de Pennsylvania Station et ils m'ont relâchée. Tout le monde se sent beaucoup plus concerné par le meurtre d'un homme d'affaires de Cleveland que par celui d'un revendeur de came de New York.

Le temps qu'ils me laissent sortir, c'était l'aurore. J'ai pris un taxi jusqu'à la Vingt-Septième Rue pour récupérer la voiture de Jim et je suis rentrée chez moi. J'étais imprégnée de l'odeur du commissariat. Quand je suis arrivée au Sweedmore, je me suis lavée et je me suis allongée sur le lit l'espace d'un instant avant de m'habiller.

Quand j'ai ouvert les yeux, à l'angle particulier dont les rayons du soleil entraient dans la pièce, j'ai su que c'était le début de l'après-midi. J'avais la tête qui pesait une tonne et j'aurais eu faim si je n'avais pas eu un goût aussi affreux dans la bouche. J'ai regardé le réveil sur ma table de chevet. J'avais juste le temps d'aller trouver Harmon sans quoi je devrais patienter une journée entière.

J'aurais pu rester au lit toute la journée. Mais j'ai repensé à l'idée que j'avais eue dans la voiture – si je trouvais qui m'avait piégée, je lui réglerais son compte moi-même. C'est ça qui m'a poussée à me secouer, à sortir du lit et à me mettre en route pour les quartiers chic.

22

Harmon était un vieil homme, presque aussi vieux que Yonah, qui se droguait depuis des années. Il avait l'air très distingué et gagnait sa vie en s'introduisant dans les restaurants et les hôtels chic et en les dévalisant. Il volait les pardessus, les chapeaux, l'argenterie, la vaisselle et en gros tout ce qui n'était pas cloué au mur. Les gens disaient qu'il était vraiment instruit et qu'avant de devenir accro, il avait été écrivain, ou quelque chose comme ça. Ça devait remonter à avant ma naissance. Tous les après-midi, il dînait au Westside, une cafétéria. Ceux qui s'intéressaient à un des objets qu'il avait piqués au cours des dernières vingt-quatre heures pouvaient l'y rejoindre et l'obtenir à bon prix, comme en période de soldes dans les magasins.

Je connaissais une bonne partie de la clientèle de la cafétéria, beaucoup de voleurs, de prostituées et de camés. Là, dans le coin, il y avait Kate de Brooklyn et son dernier maquereau en date, Gentleman Jack. Kate avait un œil au beurre noir mais elle m'a quand même saluée de la tête en me voyant. Jack a porté la main à son chapeau. Pas loin d'eux, il y avait John le

Galurin et John le Boiteux, deux vieux camés qui avaient commencé à se piquer avant la loi Harrison de 1914. Ils m'ont tous deux souhaité le bonsoir. Ils avaient peut-être un tuyau sur McFall, mais si je m'asseyais à leur table, mon portefeuille, ma montre et sans doute mes épingles à cheveux n'en avaient pas pour longtemps. J'ai fini par repérer Harmon au fond de la salle, près des cuisines.

« Josephine », il s'est exclamé en me voyant, enthousiaste. Il était attablé seul devant une tasse de café et un bol de riz au lait. Je n'arrivais pas à me rappeler la dernière fois que j'avais mangé quelque chose. J'ai pris une assiette de poulet frit et des petits pains sur le comptoir et suis allée m'asseoir à la table de Harmon.

« Tu as mauvaise mine, Josephine, il a remarqué de sa voix lente et chevrotante. Ne me dis pas que tu as replongé. »

Le contenu de mon assiette avait l'air infâme mais je l'ai quand même englouti tout en discutant. Je lui ai répondu que non mais que j'étais dans de sales draps. Quelque chose de pire que la dope. Aussi succinctement que possible, je lui ai raconté pourquoi j'étais là.

« Jerry McFall, il a répété en hochant la tête quand j'ai eu fini. Les poulets sont venus me parler hier. Ou peut-être que c'était avant-hier. Bref, je leur ai dit tout ce que je savais, c'est-à-dire absolument rien. Je n'ai certainement pas mentionné ton nom. Mais je ne suis pas surpris que cet idiot soit mort. Il y a quelque temps, je lui ai acheté de la came tellement coupée de lactose qu'elle n'avait pratiquement aucun effet. Bien sûr, je me suis plaint, sans m'attendre à la moindre compensation à vrai dire. Mais il m'a promis de se racheter si je le retrouvais au Happy Hour quelques jours plus tard. Il m'a promis une dose d'héro pure. Tu connais le Happy Hour, n'est-ce pas, Josephine ? C'est cet affreux boui-boui en bas de la Quarante-Deuxième Rue. Je n'ai pas cru un traître mot de tout ça. Mais il m'a demandé de le retrouver et, après tout, je me suis dit que ça valait le coup de tenter ma chance. Évidemment, quand je l'ai retrouvé là-bas, il était avec ses amis et il m'a ignoré. Je l'ai retrouvé dehors au moment où il sortait. Il a dit qu'il n'avait pas encore reçu la came, que ce serait peut-être pour le lendemain. Et puis, il n'y a pas eu de lendemain pour lui. C'est une métaphore, bien sûr. À ce qu'il paraît, il est parti se planquer quelques jours avant de se faire descendre. »

Je lui ai montré la photo de Nadine.

« Et cette fille ? Elle traîne par ici ?

– J'ai bien peur d'être trop vieux pour courir après les femmes, Josephine, et je ne les remarque plus autant qu'avant.

– Est-ce que tu as le moindre tuyau sur son fournisseur ? »

Harmon a fait non de la tête. Mais tout d'un coup, il a arrêté pour pencher la tête. « Il se trouve que cet imbécile était plutôt bavard ce soir-là, au Happy Hour. Évidemment, il m'a dit que s'il n'avait pas la came, c'était parce que son fournisseur ne lui avait rien remis. Il l'a traité de tous les noms, de menteur, de rat, de sale juif. Il avait vraiment l'air de détester ce type. Ou peut-être qu'il essayait de trouver des excuses pour l'absence de came. »

J'ai insisté pour que Harmon me donne d'autres détails. « J'aimerais pouvoir t'en dire davantage Josephine. Mais je n'en sais vraiment rien. Oh, avant que j'oublie : tu connais quelqu'un qui pourrait avoir besoin d'un pistolet ? Je ne peux pas le mettre au clou, c'est trop risqué, et le client qui d'habitude m'achète ce genre d'objets purge une peine de quatre-vingt-dix jours à Rikers pour insulte à agent. »

J'étais sur le point de dire que non, je ne connaissais personne. Mais je me suis tue.

Qu'est-ce que je croyais ? Qu'est-ce que j'allais faire quand j'aurais découvert le meurtrier de McFall ? Lui parler ? Sortir mon couteau à cran d'arrêt ou un rasoir ? Lui, je pouvais être sûre qu'il avait un flingue. Il s'en était déjà servi une fois.

J'avais raisonné comme une gamine. Avec la naïveté d'une petite fille. Mais je ne pouvais plus me permettre ce genre de raisonnement désormais.

J'ai demandé à Harmon si je pouvais voir le pistolet. Il me l'a passé sous la table. La crosse était chaude dans ma main. J'ai baissé les yeux. J'ignorais à quoi une bonne arme était censée ressembler. Il en avait circulé autour de moi toute ma vie sans que j'y accorde jamais le moindre intérêt. Je n'avais jamais appuyé sur une gâchette de ma vie.

Il avait l'air pas mal. Je n'étais pas sûre de savoir m'en servir.

Mais qu'est-ce qu'il y avait à savoir au juste ? Il suffisait de viser et de tirer.

Je me suis dit que je le découvrirais si j'avais vraiment besoin de m'en servir.

« Je le prends, j'ai dit.

– C'est un bon flingue, a dit Harmon en hochant la tête. Smith et Wesson. Il ne te posera jamais aucun problème. »

Il a pris une poignée de balles dans sa poche et me les a tendues sous la table. Je les ai empochées. « Il était chargé quand je l'ai trouvé, mais laisse le barillet vide, Josephine. Ne garde jamais une arme chargée à portée de main à moins d'avoir l'intention de t'en servir, m'a mise en garde Harmon. Comme le dit Tchekhov : il ne faut pas montrer un fusil sur scène si personne n'a l'intention de s'en servir. »

Il en voulait cinquante billets. Ça me semblait raisonnable. Je les lui ai donnés.

Quand nous en avons eu fini, je me suis enfermée dans la salle de bains pour charger le flingue.

23

Le Happy Hour était situé dans la Quarante-Deuxième Rue, juste à l'ouest de Times Square, entre deux cinémas qui projetaient des films français. C'était une salle obscure remplie de personnages vêtus avec élégance, ou ce qu'ils prenaient pour de l'élégance, qui mentaient sur des affaires qu'ils n'avaient jamais faites et des amants qu'ils n'avaient jamais eus. La moitié des clients carburaient à une substance ou une autre, coke, pilules, héroïne, opium ou hasch. Sans compter l'alcool. Je n'y étais venue qu'à de rares occasions et pourtant j'avais l'impression d'avoir passé ma vie dans ce genre d'endroits.

Je me suis assise au bar et j'ai jeté un coup d'œil à la salle. J'aurais pu faire le tour avec la photo de McFall. Il n'y avait pas de meilleur moyen de me faire virer sur-le-champ. Il fallait faire preuve d'habileté ou trouver quelqu'un que je connaissais. J'étais trop épuisée pour me montrer maligne, alors j'ai continué à fouiller la salle du regard. Je n'avais jamais vu la plupart des clients. Il y a dix ans de ça, le bar aurait été rempli de gens que je connaissais.

Mais ça ne changeait rien de toute façon. C'était comme si une version plus jeune de mes anciennes connaissances avait échoué exactement dans le même trou dix ans plus tard. À travers la foule, j'ai aperçu deux filles dans un coin en train de chuchoter. Plusieurs types à leur table parlaient trop fort, se faisaient mousser pour essayer de les impressionner. À une table voisine, deux types et une fille penchés sur leurs verres discutaient avec véhémence à voix basse, sans doute du coup du siècle qui se présenterait bientôt.

À l'autre bout de la pièce, j'ai fini par repérer une de mes connaissances : Linda Lee. Elle était attablée avec deux autres filles. Je connaissais Linda depuis des années. Elle rêvait d'être actrice, comme Shelley, et quand on était jeunes, j'avais cru qu'elle y arriverait. Elle était suffisamment jolie et en voulait suffisamment mais pour une raison ou une autre, ça n'avait jamais marché pour elle. Aujourd'hui, elle tournait le genre de films que seule une poignée d'hommes voyaient. Elle faisait des photos aussi, publiées dans des magazines ou dont on commandait des tirages par correspondance. Je me demandais ce qu'elle allait bien pouvoir faire maintenant qu'elle prenait de l'âge. Elle commençait à avoir des rides autour des yeux et à être légèrement marquée autour de la bouche. Sa chevelure noire était plus terne qu'autrefois : j'imagine qu'elle devait la teindre pour masquer ses cheveux blancs. Elle portait une robe verte et j'ai remarqué que sa taille s'était épaissie et que sa poitrine avait perdu de sa fermeté.

Je me suis demandé ce qu'elle allait devenir. Des milliers d'hommes de par le monde s'étaient servis de sa photo. Aucun n'avait contribué à lui constituer une retraite. Elles seraient toujours là, ces photos qui montraient une jeune fille pleine de vie en train de faire ce qu'une jeune fille pleine de vie sait faire mieux que personne. Pendant ce temps, la vraie Linda se flétrirait lentement. Aucun plan de retraite n'existait pour les camées ou les putes. La plupart d'entre nous ne vivraient pas suffisamment long-temps pour en avoir besoin, de toute façon.

Vu comment les choses se présentaient, ça risquait fort d'être mon cas.

Linda était contente de me voir. On est allées s'asseoir à une petite table dans un coin, là où il y avait moins de bruit. Elle m'a dit que j'avais bonne mine et que ça lui faisait plaisir de me voir comme ça. Elle s'est demandé depuis combien de temps on ne s'était pas vues. Est-ce que c'était moi qu'elle avait vue chez Howard Johnson le mois dernier ? Non, c'était cette rousse, comment elle s'appelait déjà ? Celle qui sortait avec Johnny le Braqueur.

Au bout d'un moment, je me suis rendu compte qu'elle avait sniffé de la cocaïne. Je lui ai dit que j'espérais que ça ne la dérangerait pas que j'aille droit au but, mais que j'étais dans une merde pas possible et que j'avais besoin de savoir si elle avait vu Jerry McFall dans le coin récemment.

« Bien sûr, elle s'est exclamée, d'un ton animé. Il y a quelques jours. Hé, tu es au courant de ce qui lui est arrivé ? Il est mort, quelqu'un l'a tué et personne ne sait qui a fait le coup. Tout le monde pense que c'est un gars qu'il a arnaqué pour une affaire de dope, mais personne ne sait qui c'est. Ça me surprend pas qu'il soit mort. C'était un vrai pourri. Tu sais, Joey, j'ai fréquenté ce salopard pendant des années. Il y a longtemps, il a fait des photos de moi, tu vois, pour les vendre. Et puis, elles étaient tellement moches que personne n'en a voulu, même des plus osées. Et puis, il y a quelques semaines de ça, il a essayé de me les revendre ! Comme si je voulais de cette merde ! Bon sang, avec tout ce que j'ai fait, il a cru que j'aurais envie de racheter deux malheureuses photos où on confondait mon cul et ma tête. Y a des types, Joe, on devrait les… »

Je lui ai demandé si elle pouvait me dire tout ce dont elle se souvenait, absolument tout, sur cette soirée.

« Pas de problème », elle a répondu. Elle semblait avoir sincèrement envie de m'aider. Et le fait qu'elle soit shootée et d'humeur bavarde ne gâchait rien. « C'était le soir avant qu'il disparaisse, quelques jours avant sa mort, je suppose. Ça fiche la trouille, hein ? De savoir que j'ai été l'une des dernières à l'avoir vu en vie, je veux dire. Tu vois, on se demande ce qui arrive à une personne comme ça quand elle meurt. Quelqu'un comme lui, il monte pas là-haut, si tu vois ce que je veux dire… »

Sans la brusquer, je l'ai ramenée sur le sujet de la soirée en question.

« C'est vrai, ouais, la dernière fois que je l'ai vu. Rien de spécial sur la soirée. J'ai bu un verre avec le vieux Harmon que tu connais – il était en boule parce qu'au lieu de lui filer de la dope comme promis, Jerry l'ignorait. Mais tu sais, Harmon, il se plaint tout le temps. C'est un type sympa et tout, comprends-moi bien, mais à l'entendre, il n'a jamais été heureux de toute sa vie…

– Ça, c'est du Harmon tout craché. Alors, ce soir-là, qu'est-ce qui s'est passé d'autre ?

– Oh, d'accord. Hmm… »

Elle a sorti une petite fiole de coke de son sac. Elle a penché la tête pour sniffer la poudre déposée au creux de son ongle. Elle a frissonné en se redressant. « Waouh ! » Puis elle a fixé la salle d'un regard vide pendant un moment en serrant les dents. J'ai attendu que ça passe avant de reprendre l'interrogatoire.

« Alors, Linda. La dernière fois que tu as vu Jerry. Il y a autre chose à dire sur cette soirée ? Avec qui il était assis ? »

Ça commençait à ressembler à une perte de temps. Linda était trop défoncée pour me faire un simple résumé des événements. Pour autant que je sache, il n'y avait rien à raconter, de toute façon. Il n'y avait aucune raison de croire qu'il s'était passé quelque chose de spécial ce soir-là. Ce n'est pas comme si Jerry avait pu deviner qu'il serait mort quelques jours plus tard.

Linda est revenue à elle.

« T'as dit quoi, Joe ? Pardon, je réfléchissais à tout le truc, à… Je me rappelle plus, maintenant.

– McFall, Linda. La dernière fois que tu as vu Jerry McFall. Il y avait quelque chose de bizarre chez lui ce soir-là ?

– Je ne crois pas, Joe. Il était assis au bar, il buvait

un verre avec quelques copains. Je ne les connaissais pas. Et puis, il est sorti un moment avec Harmon, je crois, du moins, c'est ce que dit Harmon. Et puis, je l'ai revu plus tard dans la soirée – ce matin-là, à vrai dire, dans ce café ouvert toute la nuit dans Times Square, avec ta sœur.

– Quoi ? je me suis exclamée, croyant avoir mal entendu.

– Il était au bar, a répété Linda, en train de boire un verre avec ses copains...

– Non, la dernière phrase.

– Eh bien, après la fermeture des bars, je suis allée boire un café avec un ami à moi. On est allés dans ce café de Times Square ouvert toute la nuit, Chez Charlie, ou un truc comme ça, Charlie ou Harry, un nom de mec quoi. C'est un boui-boui, ils vendent juste du café, des hamburgers et des œufs, je ne sais vraiment pas pourquoi j'atterris si souvent là-bas, parce que franchement, c'est pas bon du tout...

– Et ce café », j'ai dit fermement pour qu'elle se concentre.

Je n'avais pas dû bien entendre ce qu'elle disait. McFall était là.

« Et avec qui il était ?

– Avec ta sœur Shelley, je te dis. Tu sais, Joe, je n'ai pas envie d'être désagréable ni rien mais ta sœur, elle se sent plus ces derniers temps. Tu vois, je suis vraiment contente pour elle, qu'elle passe dans une série télé et tout, mais elle pourrait au moins dire bonjour. Elle a fait comme si elle me connaissait pas.

212

– Ouais, je ferais bien de lui en parler. »

Alors, Shelley connaissait Jerry McFall. Elle m'avait dit l'avoir peut-être rencontré une fois. *Il y a des années de ça*, elle avait dit.

Sur le coup, j'ai eu l'impression d'être la plus grosse cloche de l'univers. Et pas simplement parce que je m'étais fait accuser du meurtre de Jerry McFall.

24

Je n'ai pas très bien dormi cette nuit-là non plus. Je n'arrêtais pas de penser à des choses complètement bizarres. Comme cette fois, quand j'étais petite et que Shelley n'était pas plus haute que trois pommes, où notre mère nous a laissées seules pour la première fois. Juste elle et moi, toutes seules dans notre minuscule appartement. Quand ma mère est revenue trois jours plus tard, j'ai couché Shelley dans notre lit, je suis sortie sans dire un mot pour m'asseoir sur le perron et j'ai pleuré, pleuré sans pouvoir m'arrêter tellement j'avais eu peur. La seconde fois que c'est arrivé, je n'ai pas perdu de temps. J'ai laissé Shelley chez la voisine pour aller supplier l'épicier de me faire crédit. À la longue, il ne voulait plus me faire crédit. Mais j'avais fini par comprendre comment me faire de l'argent rapidement.

Au bout d'un moment, j'ai laissé tomber l'idée de dormir, je me suis levée et j'ai de nouveau regardé par la fenêtre. J'ai pris le pistolet que Harmon m'avait vendu. Je l'ai déchargé, rechargé et encore déchargé. Je l'ai pris dans ma main droite et j'ai visé comme si j'étais sur le point de tirer. Il était lourd. Je me suis demandé pendant combien de temps j'étais capable de le tenir. Pas longtemps. Le magasin vide, j'ai canardé tout ce qui se trouvait dans mon appartement. *Clic*. Adieu, percolateur. *Clic*. La tasse à café. *Clic*. Une bouteille de scotch. *Clic*. Celle-là, elle est pour toi, Springer. *Clic*. Voilà pour toi Jerry McFall.

S'il n'avait pas déjà été mort, j'aurais pu le tuer.

25

Shelley vivait dans un bel immeuble à deux pas de Gramercy Park, le genre d'endroits où il fallait obtenir l'approbation de tous les voisins avant de pouvoir emménager. Comment Mike, le type qui payait le loyer de Shelley, s'était arrangé pour lui avoir un appartement dans cet immeuble, ça, je ne le saurai jamais. Il y avait une majorité de dames dans ce bâtiment. Ça se voyait dès l'entrée où tout était impeccable et à sa place comme dans une résidence de l'East Side. Ça n'a pas dérangé le portier de l'immeuble de Shelley que je l'attende dans le hall, du moins au début. Au bout de cinq ou six heures, il a commencé à me suggérer que je serais peut-être mieux ailleurs. Il a même offert de me passer un coup de fil dès le retour de Shelley. Le portier était un type d'une quarantaine d'années ; il avait beau porter un uniforme des plus sophistiqués et se donner de grands airs, il ne pouvait pas cacher qu'il venait de Brooklyn.

Finalement, je l'ai regardé droit dans les yeux et je me suis mise à pleurer. Je ne sais pas comment j'ai fait parce que je n'ai jamais été capable de pleurer sur commande. Mais je me suis simplement forcée et j'ai réussi à pleurer.

« Oh, bonté… Oh, je suis désolé », il s'est exclamé. Soudain, il a eu l'air paniqué et s'est mis en quête d'un mouchoir en papier ou d'un mouchoir propre ou peut-être d'une sucette à m'offrir.

« C'est juste… j'ai bredouillé entre deux sanglots. Il s'est passé quelque chose de grave dans la famille de mademoiselle Dumere… » J'ai de nouveau éclaté en sanglots avant de finir ma phrase.

« J'ai vraiment besoin de lui parler dès son retour…

– Oh, je suis désolé, madame », il a répété.

Il a fini par me tendre un mouchoir propre trouvé sur son bureau. J'ai séché mes larmes avant de serrer le mouchoir comme une planche de salut.

« Oh, je suis navré de m'être permis une remarque, il a bredouillé. Je ne voulais pas…

– Oh, ce n'est pas grave ; je sais que vous devez trouver ma présence gênante. »

Il s'est excusé une bonne centaine de fois avant de me laisser tranquille et au bout de quelques minutes je me suis forcée à arrêter de pleurer.

Shelley est rentrée un peu après vingt et une heures. Elle portait une robe blanche légère, une robe printanière en coton d'allure toute simple mais au tomber tellement impeccable et avec tant de classe qu'elle avait certainement dû coûter une fortune. Sans un mot, elle a laissé choir aux pieds du portier une pleine brassée de sacs de courses à l'enseigne de différents magasins. Il était censé les porter jusque chez elle, je suppose.

C'est là qu'elle m'a vue. Elle n'a pas essayé de cacher sa déception.

« Joey, elle a dit sans enthousiasme. Quelle surprise.

– Salut Shelley, j'ai dit en me levant. Je peux monter ? J'ai besoin… »

Elle ne m'a pas laissé finir. « Je suis contente de te voir, Joe, vraiment. C'est juste que Jake est censé arriver d'une minute à l'autre et il n'aime pas tellement quand des copines passent me voir. » J'ignorais qui était ce fameux Jake. Je croyais que le type qui payait le loyer s'appelait Mike. Ce devait être un nouveau. Mais je m'en fichais.

Sans jamais en parler ouvertement, Shelley et moi avions passé une espèce de marché. Je n'étais plus sa sœur. Pas en public, du moins. Elle avait de l'avenir et moi… eh bien, j'avais un passé, un passé trop chaotique. Ma présence ici la mettait en colère. Je le lisais sur son visage. Et si une voisine nous voyait, elle et moi avec mon tailleur bon marché et mes bas Nylon ? Et si Jake ou Mike ou un autre type passait ? Il ignorait probablement que Shelley avait une sœur.

J'avais toujours respecté ma part du marché. Mais là, c'était différent. J'ai lancé un coup d'œil au portier. Il était en train d'aider une vieille rombière à monter dans un taxi. « Tu me fais monter tout de suite, j'ai chuchoté, ou je jure devant Dieu que j'annonce à toutes les vieilles dondons de l'immeuble que tu n'es qu'une sale pute. Je vais te faire virer d'ici en deux temps trois mouvements. »

Elle s'est retournée et sans un mot, nous sommes entrées dans l'ascenseur pour monter jusqu'à son appartement. Chez Shelley, tout était blanc. Il y avait des tables en marbre blanc, un canapé en velours blanc, de petites chaises blanches sur lesquelles on n'avait pas la place de s'asseoir, de la porcelaine blanche et même les verres à cocktail étaient décorés de fleurs blanches.

Nous nous sommes assises sur le canapé blanc. Elle m'a fusillée du regard. Je pense qu'elle n'avait jamais été aussi en colère après moi de toute sa vie. « Écoute, j'ai dit. Tu vas m'avouer tout ce que tu sais sur Jerry McFall. Et cette fois, pas la peine d'aller me raconter que tu ne connaissais pas ce type. »

Shelley a eu l'air surpris. Elle était vraiment bonne actrice après tout. « Joey, je ne vois pas du tout de quoi tu parles. Vraiment, je… »

Shelley me faisait de la peine. Notre mère était une bonne à rien alcoolique, une alcoolique doublée d'une putain. On n'avait pas le même père, du moins, c'est ce qu'on se disait, parce qu'on ne connaissait notre père ni l'une ni l'autre. Et elle s'était retrouvée avec une bonne à rien de camée comme sœur aînée. La vie est dure pour certaines personnes et, pour Shelley, elle l'avait été particulièrement. Inutile de me faire du mouron à ce sujet pour l'instant. Elle m'avait menti, ce qui m'était égal ; mais maintenant, il fallait que je sache la vérité.

Là, j'ai fait quelque chose que je n'avais jamais fait de ma vie : je lui ai fait du mal. Je lui ai tordu le bras, pas assez fort pour la faire souffrir mais suffisamment pour lui donner un avant-goût de ce qui pourrait lui arriver.

« D'accord ! Très bien, je vais t'expliquer. »

Quand je l'ai lâchée, elle s'est frotté le bras comme s'il lui faisait encore mal. Son visage s'est assombri et elle n'a plus eu l'air furieuse, juste fatiguée et peut-être honteuse.

« J'ai appris ce qui est arrivé à Jerry, elle a dit d'une voix douce. Qu'il s'est fait descendre et tout. Je suppose que ça a tout foutu en l'air pour toi, hein ? Tu n'as plus aucun moyen de retrouver la fille maintenant, c'est ça ?

– Je sais pas, Shell. »

J'avais la tête froide à présent. Je n'arrivais pas à lui en vouloir longtemps. « J'aimerais la retrouver. Mais je ne m'en fais pas trop pour elle à l'heure actuelle. »

Shelley a fixé ses grands yeux sur moi. « Tu n'as rien à voir avec le meurtre de Jerry, n'est-ce pas ? »

J'avais toujours essayé de protéger Shelley même si je n'avais jamais fait du très bon boulot. Mais, cette fois, j'allais la protéger même si ça devait me coûter la vie. Il était hors de question que Shelley soit mêlée à cette histoire.

« Non, bien sûr que non, j'ai répondu la gorge serrée en espérant mieux mentir que Jim.

– Je connaissais McFall, a murmuré Shelley. Je lui achetais de la came de temps en temps. Garde tes leçons de morale, j'en ai pas besoin. Je sais que c'était bête mais des fois… je sais pas. C'était l'ennui, je suppose. Je le retrouvais dans ce petit café de Times Square pour qu'aucune de mes connaissances me voie. Parce que tu vois, les gens comme moi, ils ne vont jamais là-bas.

– Bon sang, Shelley. »

J'aurais voulu ajouter quelque chose mais je ne savais pas quoi dire.

« Je sais », elle a dit en riant. Elle s'est pris la tête entre les mains et a ri comme on fait quand il n'y a pas du tout de quoi rire. « Ça a toujours été moi la plus intelligente, hein ? Bon sang, quelle gourde, je fais. Je ne sais pas pourquoi je fais ça. Je ne sais pas pourquoi je fais la moitié des trucs que je fais, à vrai dire – c'est comme si je n'arrivais pas à m'en empêcher. » Elle s'est remise à rire.

« Eh, tu es au courant ? J'ai eu le rôle, le rôle dans la série télévisée.

– Ouais, bien sûr que je suis au courant. Je suis fière de toi.

– Ouais, eh ben, tu le serais pas si tu savais comment je l'ai obtenu », elle a continué en baissant les yeux.

Elle s'est redressée pour me regarder.

« Tu veux boire un verre ?

– D'accord. Un scotch, c'est bien. »

Elle est allée dans la cuisine. J'ai pris une carte de visite sur la table basse. Jake Russo, agent immobilier.

Elle est revenue avec un verre de scotch pour chacune.

« C'est lui, le type qui paie le loyer ?

– Sale radin », elle s'est écriée.

Mais elle l'a dit gentiment, comme si elle n'en était pas vraiment convaincue.

«Il ne paie même pas le loyer, tu sais. Il est dans l'immobilier, il loue des appartements aux quatre coins de Manhattan. Il a juste un peu trafiqué les livres de comptes, ce qui lui évite de payer le loyer de cet appartement, elle a expliqué en baissant les yeux. Désolée de ne t'avoir rien dit à propos de McFall, Joe. J'avais envie de t'aider, sincèrement. Je n'avais pas envie que tu saches à quel point j'avais été bête, c'est tout.

– C'est pas grave. Ça n'a pas d'importance. Tu peux tout me dire maintenant. Tu connais la fille, la fameuse Nadine ?

– Je sais pas, a répondu Shelley en haussant les épaules. Je l'ai peut-être vue avec McFall. C'était l'une des filles qui travaillaient pour lui, c'est ça ? »

J'ai fait oui de la tête.

« Tu sais d'où McFall tenait sa dope ?

– Je sais vraiment pas, Joey, franchement, elle a répondu après avoir bu une bonne gorgée de scotch. Mais j'étais avec lui une fois quand ils ont fait l'échange. »

J'ai failli exploser.

« Alors, tu sais…

– Non, je n'ai pas vu qui c'était. Voilà ce qui s'est passé : j'étais censée le retrouver dans ce fameux café de Times Square, tu sais, pour acheter de la came. J'arrive et il a rien. Il me paie une tasse de café et au bout d'une heure à peu près, il s'en va en disant qu'il revient tout de suite. Et puis, au bout d'un moment, il revient pas et comme je lui avais déjà donné mon fric, je vais le chercher dehors. Il était juste en train de descendre d'une voiture.

Alors, on va chez lui, il coupe la came, l'emballe et me donne quelques doses.

– Mais tu n'as pas vu qui c'était ?

– Tout ce que j'ai vu, c'est la voiture. Une Rocket 88 toute neuve. »

26

Gramercy Park, dont le portail verrouillé ne s'ouvrait que pour les riverains du quartier, ressemblait à un décor de cinéma, même la nuit ; les fleurs commençaient à sortir de terre et les plantes à pousser et, de toute évidence, le moindre petit détail, que ce soient les plantes, les fleurs, les arbres, les bancs, avait été placé avec une précision extrême, sans doute par une équipe de jardiniers qui s'y consacraient à plein temps. Je l'ai longé en rentrant chez moi. À quelques pâtés de maisons de là, au sud-est, il y avait un autre parc, si on peut appeler ça un parc, parce que les mots *square* ou *place* auraient sans doute mieux convenu. Il n'y avait pas beaucoup d'herbe et seulement quelques arbres entre beaucoup de béton. Je suis sûre qu'il avait un nom mais je ne le connaissais pas et à mon avis je n'étais pas la seule. Pas loin, il y avait un hôpital avec une aile psychiatrique et seuls les patients dont le séjour venait de s'achever profitaient des aménagements paysagers. C'était de ce côté-là de la ville que je vivais et que je vivrais toujours.

Quand je suis arrivée au Sweedmore, Jim m'attendait dans l'entrée. Il était assis sur la seule chaise que Lavinia y avait installée, une petite chaise de vieille recouverte de velours noir fané, poussiéreuse et aussi peu confortable qu'une camisole de force. J'ai été surprise de voir Jim assis sur quelque chose d'aussi sale. Il risquait de salir son costume.

Il s'est levé en me voyant entrer.

« Joey, je m'inquiétais pour toi. Comment ça va ?

– Pas terrible, j'ai répondu.

– Allez, je t'invite à dîner. »

Il était près de minuit. Trop tard pour dîner. Mais j'ai dit que c'était une bonne idée. On a pris vers l'ouest dans la Vingt-Deuxième Rue sans dire un mot. Je ne savais pas où on allait mais ça m'était égal. Qu'importe la direction.

On était dans la Vingt-Deuxième Rue, entre la Troisième et Lexington. Le quartier était toujours calme, et particulièrement à cette heure-ci. Les portes des maisons bien proprettes étaient verrouillées et les rideaux tirés. Le quartier était désert. On a pris vers le nord dans Lexington. Toutes les boutiques étaient fermées pour la nuit, les petites boutiques tristounettes dans lesquelles personne n'entrait jamais : la crémerie italienne, la boutique du perruquier et celle du réparateur de radio, le café qui servait des petits-déjeuners immondes. On a tourné à gauche dans la Vingt-Troisième. Là aussi tout était fermé, la boutique d'uniformes pour infirmières et la boutique de fournitures artistiques, la banque, le fleuriste et l'épicerie. La rue était déserte. C'était une rue vaste et je trouvais que c'était du gâchis, tout cet espace, alors qu'il n'y avait personne à part Jim et moi. Tout cet espace rien que pour nous.

« Tu as découvert quelque chose ? a voulu savoir Jim.

– Non. Pas vraiment. Rien que je ne savais déjà. »

On a continué à descendre la rue en silence. Jim portait son impeccable costume acheté dans Orchard Street et son chapeau neuf de chez Belton. Comme toujours.

« Tu veux aller Chez Lenny ? Je crois qu'il sera encore ouvert.

– D'accord, ça me va.

– J'ai réfléchi, a dit Jim en marchant. Peut-être que ça n'a rien à voir avec la drogue après tout. Tu vois, je suis sûr que des tas de gens avaient une bonne raison de tuer Jerry McFall. Une des filles, peut-être, ou l'un de leurs parents…

– J'ai parlé à Shelley. »

Jim s'est arrêté pour me dévisager.

Parfois, si on est assez malchanceux pour découvrir la vérité, il vaut mieux l'oublier. Surtout quand on ne peut pas en faire grand-chose. Ce serait étonnant que quelqu'un me croit. Je purgerais sans doute une peine de prison deux fois plus longue pour double meurtre. Ou peut-être que je serais condamnée deux fois à la chaise électrique. La police se vengerait sur moi, c'est tout. Et si la justice me croyait, après tout ? Quelle perspective j'avais dans la vie, de toute façon ? Trente ans de plus à essayer d'échapper à la police et à m'efforcer de ne pas replonger dans la came, sans jamais avoir assez de fric pour beaucoup plus qu'un bon repas ? C'était pas très motivant, comme perspective. J'aurais pu aller trouver Springer et lui dire d'écrire n'importe quoi dans sa déposition pour passer à autre chose. Au moins, comme ça, j'aurais trois repas chauds quotidiens et un lit où dormir pour le restant de mes jours. C'était plus que je n'avais à l'heure actuelle. Il me rendrait service, d'une certaine manière. Peut-être que je devrais simplement essayer de tomber comme le font les hommes d'honneur, prendre mes médicaments et partir avec dignité, sans en faire une affaire personnelle.

Mais je n'y arrivais pas.

« Joey, j'ai réfléchi, a dit Jim. À propos de Shelley. Je ne sais pas, Joe, ça m'embête de te dire ça, mais je ne sais pas si elle est tellement digne de confiance. »

J'ai regardé autour de moi. Personne ne venait dans notre direction. Je ne voyais personne nulle part. C'était comme si la ville entière avait été évacuée et que nous restions seuls tous les deux, nous deux, pauvres cons dans la Vingt-Troisième Rue pour nous dépatouiller tout seuls.

Ce n'était pas simplement ce que Shelley avait dit à propos de la voiture. Ce détail, c'était juste la cerise sur le gâteau. Il y avait plein de petits trucs comme ça. Son numéro de téléphone dans le répertoire de Jerry. Ce que Jerry avait confié à Harry, à l'en croire : *Je vais te dire, Harry, ça valait le coup juste pour baiser ce pourri. Tu les connais, ces types qui se prennent pour le dessus du panier.*

La fille du Royale avait dit pratiquement la même chose : *J'imagine que le type se prenait pas pour de la merde, il se croyait supérieur à Jerry. Ça le bouffait.* D'après Harmon, Jerry avait traité son fournisseur de « sale juif ». Ça aurait pu être n'importe qui, qui sait. Pour autant que je sache, il n'y avait pas tellement de juifs capables de se procurer de l'héroïne tout en ayant la réputation de ne pas se prendre pour de la merde, qui connaissaient Jerry McFall et se baladaient en Rocket 88. Cela dit, il aurait pu y en avoir plus d'un.

Parmi mes connaissances, Jim était la seule personne capable de réussir une arnaque d'une telle perfection, le seul à avoir la présence d'esprit de faire appel à des partenaires et à le faire aussi intelligemment. Et puis Jim m'avait aiguillée sur un si grand nombre de pistes fructueuses, il avait pris tellement à cœur le fait de m'aider. Il m'avait envoyée chez Paul, puis à Bryant Park. Il était le seul à savoir que j'allais à Brooklyn ce fameux soir. Et puis, il n'avait même pas levé le petit doigt pour m'aider quand il avait su que j'étais dans la merde.

Mais ça ne prouvait rien non plus. Il aurait très bien pu s'agir d'une coïncidence. Il se trouve que Jim travaillait avec un arnaqueur, il se trouve qu'il avait un tas de bonnes idées sur la façon de retrouver McFall, il se trouve qu'il savait où j'allais ce soir-là et il se trouve qu'il avait perdu tout intérêt pour moi tout d'un coup. C'était possible.

Rien de tout ça n'avait d'importance. Je savais que c'était Jim parce que ça ne pouvait être personne d'autre. Personne d'autre au monde ne me connaissait assez bien pour me piéger à ce point. C'est pour ça que depuis le début, je savais que c'était un coup de Jim. J'avais passé ces trois derniers jours à essayer de prouver que ce n'était pas le cas. Mais je n'avais pas pu parce que c'était comme ça. Comme ça, et pas autrement.

Tout en marchant, tandis que Jim m'expliquait que le meurtre n'avait après tout rien à voir avec la drogue, j'avais empoigné le pistolet acheté à Harmon que je gardais dans mon sac. Et puis, je l'ai braqué sur Jim en tenant la crosse des deux mains.

« Bon sang, Joe, il a dit doucement. Qu'est-ce que tu fous ? »

Il a fait un pas vers moi.

« Arrête, j'ai ordonné et Jim a obéi.

– D'accord, je ferai tout ce que tu voudras. Calme-toi, c'est tout.

– Je suis calme, très calme. Pourquoi moi, Jim ? Qu'est-ce que je t'ai fait, bon sang ?

– Joey, je ne sais pas de quoi tu parles, il a dit en me regardant comme si j'étais folle. Allez, Joey. Qu'est-ce que Shelley t'a raconté ? »

On s'est tourné autour dans la rue sombre. Il n'y avait pas un bruit, si ce n'est le vrombissement lointain d'une voiture qui descendait la Troisième Avenue.

« C'était qui le type dans la Chevrolet, Jim ? Il travaille pour toi ou c'est toi qui travailles pour lui ? Qui de vous deux a tué McFall ? »

Jim n'a pas répondu. Il s'est contenté de me dévisager.

Il s'est approché.

« Non, Jim, je vais te tuer. »

Il est resté immobile à me regarder.

« Pourquoi moi, Jim ? Si tu étais dans la merde, je t'aurais aidé à en sortir. Tu aurais dû me le dire, Jim. Tu n'étais pas obligé de faire ça.

– Joey, il a articulé lentement, tu es épuisée, c'est tout. Tu n'as pas les idées claires. Accompagne-moi chez moi, repose-toi un moment…

– La ferme ! »

J'avais le front et les yeux baignés de sueur. Je me suis essuyé les yeux. Quand je les ai rouverts, Jim avait la main dans la poche de son manteau. Il l'a vite retirée. Je savais ce qu'il avait dans la poche. Un flingue. Sans doute plus gros que le mien. Et j'étais sûre qu'il savait s'en servir. Il avait tué pas mal de monde pendant la guerre et sans doute pas mal avant. Et au moins un type après.

« Joey », il a dit. Il a prononcé mon nom comme si rien n'avait changé. Comme si nous étions de nouveau amis.

« Jim. »

Il n'allait rien me dire du tout. L'heure était venue. J'avais l'impression de flotter. Je voyais tout ce qui m'entourait d'un point de vue bizarre qui ne m'était pas familier. Tout avait l'air différent d'ici, en haut. Plus simple. J'étais contente de flotter là-haut. Je n'aurais pas voulu être là, en bas, en pleine dispute.

Sauf que j'avais envie de le tuer.

J'ai armé le pistolet en visant son torse du mieux que je pouvais. Il a levé le bras, l'a tendu et dans le noir, j'ai aperçu un éclair métallique.

J'avais le doigt sur la détente quand j'ai entendu un coup de feu terrible et j'ai vu Jim s'effondrer. Il est tombé à la renverse sur le trottoir avec un bruit sourd, après avoir eu un soubresaut. Des bouts de chair se sont éparpillés autour de nous et son sang a giclé dans tous les sens.

Mais c'était impossible. Je n'avais pas tiré.

Je ne l'avais pas tué. Quelqu'un d'autre s'en était chargé.

Les rues ont tangué à droite, à gauche, d'avant en arrière plusieurs fois avant de revenir à la normale. J'avais un goût affreux dans la bouche. Ma robe était trempée de sueur. Je me suis dit que j'allais la jeter une fois rentrée chez moi.

J'ai jeté un coup d'œil alentour. Une lampe torche m'éblouissait. J'ai cillé plusieurs fois. Le faisceau brillait depuis l'autre côté de la rue. « Il est mort maintenant, Joe. On l'a eu », a dit une voix. J'étais sûre de la connaître. Et de bien la connaître. Mais je n'arrivais pas à mettre un visage dessus. « Tu as eu de la chance qu'on soit là. Tu as très mal visé, tu l'aurais raté d'un kilomètre. »

Mon interlocuteur a éteint sa torche et j'ai vu son visage. Le détective Springer.

Springer est sorti de l'ombre en compagnie de la brute qui lui servait de partenaire. On s'est tous approchés de Jim, étendu à l'endroit même où il se tenait dix secondes plus tôt. Il avait été touché au-dessus de l'estomac et sous le cœur, son costume était déchiré et maculé de sang. Du sang lui coulait du dos et formait une flaque autour de lui. La balle l'avait transpercé. Il grimaçait. Pendant les dernières secondes de sa vie, il avait dû avoir un mal de chien, j'imagine. Il avait un pistolet à la main, prêt à faire feu.

J'aurais aimé que rien de tout ça ne soit arrivé. J'ai refermé les yeux en me disant que peut-être rien de tout ça n'était vraiment arrivé.

Les deux flics l'ont poussé du bout du pied pour s'assurer qu'il était bien mort. C'est là que j'ai entendu des sirènes et quatre voitures de patrouille sont arrivées avec environ une dizaine d'officiers à bord. Ils sont sortis des voitures en dégainant leurs armes et ont envahi la rue. Le sergent Springer s'est mis à hurler des ordres à la cantonade. Deux types m'ont empoignée, fouillée des pieds à la tête et m'ont jetée sur la banquette arrière de leur voiture pour me conduire au poste, gyrophare allumé.

27

Au commissariat, deux beaux gosses se sont enfermés avec moi pour me poser un millier de questions, assis à une table métallique sur laquelle ils tapaient beaucoup. J'étais plutôt choquée et j'avais du mal à me concentrer. Ils ont enchaîné avec mille autres questions et là, j'ai commencé à me réveiller. Je me suis rendu compte qu'ils n'étaient pas en train de me poser les questions qu'ils auraient dû me poser. Ils n'avaient pas envie de savoir pourquoi j'étais sur le point de tirer sur Jim. Ils voulaient savoir pourquoi Jim avait tué McFall.

Au bout d'un moment, je me suis mise à leur poser des questions à mon tour. Comment ça se fait qu'ils étaient au courant pour Jim et McFall par exemple ?

« Boucle-la, a répondu l'un des deux types. Tu risques la chaise électrique pour le meurtre de Jerry McFall. C'est nous qui posons les questions et toi, tu réponds. »

Même si, à mon avis, je ne risquais pas la chaise électrique pour le meurtre de McFall, je l'ai quand même bouclée. Finalement, Springer est entré dans la pièce, un grand sourire aux lèvres, et s'est assis près de moi. Les deux beaux gosses ont souri eux aussi.

« Beau travail, Joe, m'a félicitée Springer. Tu m'as permis de choper un type que j'avais à l'œil depuis dix ans. Je devrais te verser une prime. »

Les beaux gosses ont trouvé ça drôle. Pas moi.

« Comment vous avez su ? j'ai demandé. Comment vous avez su que Jim avait tué McFall ?

– Comprends-moi bien, je me tape complètement de savoir qui a tué Jerry McFall. Quand les gens de votre espèce s'entre-tuent, ça me rend service. Tu le sais. »

Je le savais.

« Mais il y a trop de vendeurs de came dans cette ville. Ça fait pratiquement la une du *New York Times* tous les jours. Les gens commencent à avoir peur. Alors, mes supérieurs me foutent la pression. Quand McFall est mort, j'ai su qu'il vendait de la came et je me suis dit que c'était peut-être son fournisseur qui avait fait le coup, que c'était une espèce de querelle d'amoureux. » Il a ri de sa propre blague. « Ouais, une querelle d'amoureux. Parce que tu vois le truc, Joe – ça va peut-être t'intéresser, au fait –, c'est qu'on va tenter une nouvelle approche du problème. Le maire, il ne veut plus qu'on se contente de ramasser les revendeurs. Il veut qu'on remonte jusqu'aux gros poissons, les grossistes qui alimentent en came tous les dealers des rues. Alors, quand McFall s'est fait descendre, je me suis dit que c'était peut-être son fournisseur qui avait fait le coup. Un gros poisson. Et puis, à peine de retour de la scène du crime, je reçois un coup de fil d'un type qui me suggère de m'intéresser à Josephine Flannigan par rapport à l'affaire Jerry McFall. Je ne le savais pas à l'époque mais évidemment, c'était ton ami Jim Cohen au bout du fil. Ton petit ami, ou je ne sais pas comment on appelle ça à ton âge. »

Springer a éclaté de rire, et les deux beaux gosses l'ont imité.

« Bref, je me suis mis à poser des questions et j'ai découvert que tu fouinais. Bon, je te connais depuis que tu es gosse, Joe, et je ne t'ai jamais rangée dans la catégorie des assassins. N'importe quoi d'autre, peut-être, mais pas un meurtre, pas pour du fric. Un crime passionnel ou un truc du genre, d'accord, mais pas pour du fric. Alors, je me suis dit que soit il se passait quelque chose entre ce McFall et toi, soit quelqu'un essayait de te piéger. Et je ne m'étais pas trompé, pas vrai ? Quelqu'un essayait bien de te piéger. Bref, je me suis dit que tu aurais vite fait d'aller au fond des choses, surtout si ta vie en dépendait. Surtout si tu croyais que je tombais dans le panneau moi aussi. Alors, on t'a fait suivre par un de nos hommes pendant deux ou trois jours et tu nous as menés droit au coupable : Jim Cohen. Ça faisait longtemps que je l'avais à l'œil. Quand la came a recommencé à inonder les rues, je me suis tout de suite dit qu'il était impliqué. J'avais raison, on dirait.

– Vous m'avez fait suivre ? »

Je commençais lentement à prendre la mesure de ce qu'il me disait.

« Pendant tout ce temps, c'est vous qui m'avez fait suivre ?

– Exactement, Joe, a déclaré Springer, amusé. Je

suis étonné que tu ne l'aies pas remarqué, il a ajouté en tapotant la table.

– Bien sûr, j'ai dit, surtout à mon intention. La Chevrolet noire.

– Eh bien, je ne sais pas quel genre de voiture Reynolds conduisait. On en a toute une armada pour les enquêtes en civil. Tout ce que je sais, c'est que maintenant, on a descendu un des principaux fournisseurs et que le capitaine va être foutrement content. En plus, on a résolu le meurtre de McFall, même si je m'en cogne plutôt, mais ça fait toujours plaisir de clore une enquête.

– Vous saviez que je n'y étais pour rien ? Jim aurait pu me tuer, là-bas, cette nuit. J'étais sûre d'être condamnée à vie.

– Du calme, Joe.

– Du calme ! »

J'ai hurlé en me levant. Mes mains se sont mises à trembler. « Ça fait trois jours que je me dis que je vais finir en taule pour le meurtre de McFall, Jim est mort et j'ai failli me faire descendre, espèce de sale… »

C'en était trop pour Springer. Il s'est levé et m'a aligné un revers sur la bouche, assez fort pour m'envoyer par terre. Et puis il s'est rassis. Les beaux gosses ont encore trouvé ça drôle. Pas moi. Au bout d'un moment, j'ai tendu la main vers ma chaise pour me hisser dessus. Je me l'étais égratignée en voulant amortir ma chute et contusionné l'arrière-train quand j'avais raté mon coup.

« D'accord », j'ai dit. J'avais la lèvre enflée et un goût de sang dans la bouche.

« D'accord.

– Fini de dire des conneries, Joe. Je pourrais faire comme si de rien n'était et te faire boucler pour les meurtres de Cohen et McFall. Tâche de ne pas l'oublier.

– D'accord, j'ai bredouillé aussi distinctement que mes lèvres enflées me le permettaient. Je sais. Je saurai m'en souvenir. Mais est-ce que je peux vous demander quelque chose ?

– Bien sûr, vas-y », a dit Springer en souriant.

Ça devait le revigorer de frapper une femme, je suppose.

« Qu'est-ce qui est arrivé à la fille, Nadine ?

– J'en sais rien. Ses parents n'étaient pas intéressés, alors j'ai laissé tomber. Son père nous a dit que c'est une camée et une pute et qu'ils ne veulent plus rien avoir affaire avec elle.

– Alors, elle est où à présent ?

– J'en sais rien et je m'en fous, a dit Springer en souriant de nouveau. Je suppose qu'elle a fini là où finissent les filles comme elle. Tu dois le savoir mieux que moi, hein ?

– Ouais, je suppose que vous avez raison. »

28

Quand je suis rentrée, Shelley attendait devant l'entrée du Sweedmore. J'ai été surprise qu'elle sache où j'habitais – elle n'était jamais venue jusque-là. Elle portait un tailleur blanc, et un foulard blanc lui entourait le visage ; elle portait des gants blancs, un gros sac à main blanc et des lunettes de soleil à montures blanches, on aurait dit une vedette de cinéma. Elle était jolie, mais trop apprêtée, comme si elle était déguisée ; elle avait l'air nerveuse, le regard rivé par terre, et elle traînait un peu des pieds comme par timidité. Elle croyait peut-être que je n'avais pas envie de la voir.

« Hé, j'ai dit. Comment ça va ?

– Ça va, elle a répondu en me regardant. Je l'ai lu dans les journaux. Pour Jim et tout.

– Les journaux ?

– Bien sûr, l'édition du matin. »

Je me suis rendu compte que j'avais passé toute la nuit au poste. Et c'est là que j'ai compris pourquoi Shelley était venue.

« Pas la peine de te faire du souci, je l'ai rassurée. Tu sais, par rapport aux menaces – comme quoi j'allais tout raconter à tes voisins et tout ça. Si on parlait de moi dans le journal…

– Non, je ne me fais pas de souci pour ça. Je veux dire, je ne me fais aucun souci. Ils n'ont même pas cité ton nom. L'article racontait juste qu'un gros trafiquant de drogue s'était fait descendre au cours d'une fusillade à Manhattan. J'ai dû lire entre les lignes pour deviner ce qui s'était passé. En plus, même si ton nom était cité, personne n'irait faire le rapprochement, pas vrai ? Après tout, je suis Shelley Dumere maintenant.

– C'est vrai. Alors, tu veux prendre un café ? »

Elle a regardé autour d'elle avant de baisser les yeux. « Non, il faut que j'aille travailler. On commence les répétitions pour la série télé aujourd'hui. J'étais juste… elle a dit en souriant. Je voulais juste venir te dire… que j'étais désolée que ça se soit passé comme ça, tu vois. J'ai un peu… » Elle n'était pas très à l'aise et se serrait les mains nerveusement.

« J'ai un peu regretté de ne pas t'avoir aidée. De ne pas t'avoir dit ce que je savais sur McFall et tout le reste quand tu m'as demandé la première fois. Les choses auraient peut-être pu se passer autrement.

– C'est pas grave », j'ai répondu.

Il n'y avait pas grand-chose d'autre à dire.

« Bref, tout est fini maintenant, je suppose. Jim est mort. Et la fille, Nadine, elle n'avait rien à voir dans cette histoire finalement, c'est ça ? »

J'ai réfléchi à toute l'affaire un moment. Il me restait assez d'argent pour vivre quelques mois. Je n'avais aucune raison de travailler. Je n'avais pas la moindre raison de faire quoi que ce soit, à vrai dire.

« Je crois que je vais essayer de la retrouver quand même.

– Pourquoi ? » a voulu savoir Shelley en enlevant ses lunettes.

Je n'ai pas répondu.

« Il se peut qu'elle ne soit même plus en vie. Tu sais ce qui se passe…

– Peu importe, je crois que je vais essayer de la retrouver. »

Shelley a lancé un coup d'œil autour d'elle sans rien dire pendant un instant. Et puis elle m'a dévisagée. « Si tu la retrouves – Nadine, je veux dire – qu'est-ce que tu vas faire d'elle ? »

J'ai haussé les épaules.

« Ses parents n'en veulent pas, c'est ça ?

– Non, ils ne veulent plus avoir affaire à elle.

– Dans ce cas, elle va avoir besoin d'un endroit où vivre, d'argent et tout.

– J'imagine. »

Shelley a de nouveau eu l'air nerveux.

« Je sais que tu n'as pas grand-chose – sans vouloir te vexer. Mais peut-être que tu pourrais me faire signe ? Peut-être que tu pourrais m'avertir quand tu l'auras retrouvée. Si elle a besoin d'argent ou d'un endroit où vivre ou quoi que ce soit d'autre. Ou si toi tu en as besoin. Si tu as besoin de quoi que ce soit.

– Ouais, d'accord. »

On est resté plantées là un moment sans rien dire.

« Bon, va falloir que… »

Tout d'un coup, Shelley m'a pris la main.

« Je suis désolée, elle a dit, vraiment, Joe. Je suis sincèrement désolée de t'avoir menti.

– C'est pas grave, j'ai répondu en lui serrant la main. Je t'assure, ça va. »

Sa gorge s'est serrée et j'ai cru qu'elle allait pleurer.

« Tu vas m'appeler, hein ? Quand tu auras retrouvé la fille ? Tu vas m'appeler ?

– Ouais. Promis, je t'appelle. »

29

Je suis descendue jusqu'à l'angle d'Allen Street et de la Troisième Avenue avec la photo de Nadine. Ce qu'il y a de drôle chez les filles qui font le tapin, c'est à quel point elles ont envie de rendre service. Elles ont toutes bien regardé la photo, et certaines ont dit qu'elles l'avaient peut-être déjà vue quelque part – pauvre Nadine, la fille invisible – et qu'elles ouvriraient l'œil. Et elles étaient sincères. Mais l'autre truc avec les prostituées, c'est qu'elles n'ouvrent jamais l'œil. Elles en sont incapables. Si elles le faisaient, elles verraient ce qu'il y a de pire en ce monde. Alors, je leur ai donné mon numéro de téléphone tout en continuant de me renseigner dans Allen Street, dans la Troisième Avenue, sur les jetées du West Side, et même dans des coins de Brooklyn que je connaissais, après le pont de Williamsburg.

Le lendemain des obsèques de Jim, Yonah est venu me voir. On est allés faire un tour au square près de chez moi où les patients de l'hôpital psychiatrique venaient prendre l'air. Il a dit que Gary, le patron de Jim, lui avait payé un enterrement de première classe et que tout le monde s'était déplacé : tous les arnaqueurs, toutes les prostituées, tous les voleurs étaient là. Ils étaient venus des quatre coins du pays.

« Personne ne t'en veut, ma jolie. » Yonah avait l'air vieux et triste avec son costume râpé et son chapeau de paille usé. C'était l'été et le soleil tapait fort. On a fait le tour du square.

« Il n'aurait pas dû te faire ça. C'est ce que tout le monde disait. T'as toujours été une fille bien. T'as toujours été réglo et tout le monde le sait. On est tous allés à l'enterrement par respect et tout, mais Jim était un minable. Je veux dire, qu'il aille faire ça à n'importe qui, passe encore, mais à sa propre nana… Sa propre nana. Personne ne se doutait qu'il trempait de nouveau dans la came. Ça fait de la peine à tout le monde ce qui t'arrive. Y en a certains, Gary et d'autres types, qui parlaient de faire une collecte pour toi. Ou peut-être de te donner le fric qu'ils vont récupérer en vendant les affaires de Jim.

– Non, c'est gentil mais j'en ai pas besoin.

– T'es sûre ? Ils ont envie de le faire. Gary, il pense qu'il devrait s'occuper de toi comme il le ferait pour la veuve de n'importe quel autre type. »

J'ai fait non de la tête. Je ne voulais rien devoir à Jim.

On s'est arrêtés pour s'asseoir sur un banc.

« Et toi, Joe ? Ça va ? a voulu savoir Yonah en me regardant.

– Oui, ça va.

– Tu ne pouvais pas savoir. Rien de tout ça n'est de ta faute. Tu le sais, hein ?

– Je croyais vraiment… j'ai bredouillé. Tu vois, je croyais vraiment que Jim… »

Je me suis mise à pleurer.

Je me suis blottie dans les grands bras de Yonah et on est restés assis dans le parc jusqu'à ce qu'il soit obligé de rentrer prendre son médicament.

J'ai continué à chercher Nadine. Finalement, à ma troisième visite à l'angle de la Vingt-Septième Rue et de la Dixième Avenue, j'ai trouvé une fille de mon ancien quartier, Laura, qui avait vu Nadine. Laura avait toujours été la jolie fille de la Cinquante-Troisième Rue. Elle avait des cheveux blonds bouclés, un corps parfait et un regard bleu vif. Aujourd'hui, elle n'était plus tellement jolie. Elle avait l'air d'une jolie robe trop portée, abandonnée dans un coin, toute fripée et qui n'intéressait plus personne.

Elle avait honte et quand elle m'a vue arriver, elle s'est retournée en se cachant le visage d'une main. Je l'ai prise dans mes bras.

« Tu es magnifique, Laura, je lui ai dit parce que je ne savais pas quoi dire d'autre.

– Non, c'est pas vrai, elle a répondu en souriant quand même. Ça fait plaisir de te voir, Joe. »

Mais elle surveillait la rue en tremblant un peu et je me suis dit que si elle ne retournait pas vite travailler, elle prendrait une dérouillée plus tard. Je lui ai montré la photo de Nadine.

« Oui, bien sûr que je la connais, a dit Laura en

souriant. Une gentille fille. Adorable. Elle travaillait ici avant. Qu'est-ce qu'il lui est arrivé ?

– Je ne sais pas. Qu'est-ce que tu sais d'elle ?

– Bon sang… elle a travaillé pour Jesse, comme moi, pendant un moment. »

Je connaissais Jesse. C'était le proxénète de Laura.

« Mais elle a déconné, carrément déconné. Avec la came, je veux dire. Elle n'arrivait pas à maîtriser sa consommation. Dès qu'un client se pointait avec un peu de dope, elle lui faisait la passe gratis. Parfois, elle prenait le large avec un type pendant des jours. Jesse lui a fichu deux ou trois raclées, mais ça n'a eu aucun effet. Elle n'a pas changé. Jesse a fini par la laisser tomber. Maintenant, elle ne peut plus travailler ici. Jesse lui tannerait le cuir jusqu'à ce qu'il se décolle s'il la voyait traîner dans le coin.

– Où elle est à ton avis ?

– Tu pourrais toujours essayer chez Jezebel. Une fille comme elle, où veux-tu qu'elle aille d'autre ? »

30

C'était un immeuble de quatre étages comme il y en a des millions à Manhattan. Je suis entrée. Pas de serrure. Personne n'en avait besoin ici. C'était un immeuble dont jamais personne n'avait tenu compte. Les murs avaient toujours été peints en gris et le sol recouvert de linoléum bon marché tout éraflé. Comme à son habitude, cette vieille dondon de Jezebel était assise à un petit bureau dans l'entrée. Même si ses cheveux étaient aujourd'hui plus clairsemés, ils étaient remontés en un chignon compact et teints en noir corbeau comme toujours. Les traits de son visage bouffi s'étaient affaissés mais elle avait toujours ces mêmes petits yeux méchants. Tout était identique chez elle, jusqu'à la petite robe noire miteuse, ou en tout cas, c'en était une du même genre.

Chez Jezebel, c'était là où les filles allaient quand elles en avaient marre de faire le tapin, marre de faire des efforts, marre d'être jolies, marre de courir après la dope, qu'elles en avaient simplement marre, ras-le-bol, qu'elles étaient lessivées. Personne ne vient chercher les filles chez Jezebel. Personne ne veut de ces filles-là. Elles ont peut-être eu une famille, des amis et un mec un jour, mais tout ça, c'est fini. Pour le reste du monde, elles sont déjà mortes. Il n'y a qu'elles pour ne pas s'en rendre compte. Il n'y a que les filles elles-mêmes pour penser que peut-être, d'une façon ou d'une autre, elles comptent encore. Qu'elles sont toujours en vie.

Quand on vit chez Jezebel, on ne voit jamais la couleur de l'argent, et c'est exactement ce qu'on recherche. Jezebel passe dans votre chambre trois fois par jour pour vous faire votre piqûre. Si elle peut, elle vous la fait au pied pour que les bas avec jarretières puissent couvrir vos cicatrices. Si les veines des pieds sont trop abîmées, elle pique là où elle peut et fait un prix aux clients. Il y a une cuisine en bas où on peut manger quand on veut. En général, personne n'en a envie. De temps en temps, une fille en nuisette ou en robe de chambre entre en titubant pour avaler quelques bouchées de tapioca ou de crème à la vanille. Mais pas besoin de beaucoup s'alimenter quand on passe la journée au lit. Les clients de Jezebel s'en satisfont. C'est ce qu'apprécient les filles. Pas de : « J'aimerais que tous les mecs soient aussi beaux que toi » ni de : « Qu'est-ce que vous faites dans la vie, monsieur Smith ? » Ces trucs-là, c'est bon pour les endroits comme Chez Rose ou le Royale. Chez Jezebel, les filles passent la journée vautrées jusqu'à ce qu'elles n'en puissent plus et qu'une ambulance ou la camionnette de la morgue vienne les récupérer. Aucune des filles n'est prisonnière. Elles peuvent partir quand bon leur semble. Elles ne le font pas.

Je me suis dit que je pouvais entrer et sortir en vitesse avec ou sans la fille. Jezebel ne voulait pas d'ennui ni des filles qui étaient recherchées.

Elle m'a lancé un regard perçant. Elle ne m'a pas reconnue. Ça ne m'étonnait pas. Une bonne dizaine de filles faisaient escale chez Jezebel chaque mois.

« Qu'est-ce que vous voulez ? » elle a demandé d'une voix monocorde et vide – une voix sans aucune âme.

« Alors, quoi ?

– Elle », j'ai annoncé en montrant la photo de Nadine.

Elle a regardé la photo un moment avant de me dévisager.

« Qu'est-ce que vous lui voulez ?

– Je veux la ramener chez elle. »

Jezebel m'a regardée un long moment avant de se lever pour traverser le hall. Je l'ai suivie. Au fond, il y avait un escalier. Au lieu de monter, on est descendues dans un sous-sol obscur aux murs de béton. De place en place, des ampoules pendaient du plafond et donnaient juste assez de lumière pour se faire une idée générale de l'endroit. Une dizaine de cordes à linge étaient tendues entre les murs de la pièce. Suspendus aux cordes, de vieux draps créaient de petites alcôves de pseudo-intimité. On a traversé le dédale de rideaux jusqu'au fond de la pièce. On entendait le bruissement des draps et les vilains bruits qui s'échappaient de derrière. Certains des rideaux ne touchaient pas le sol et on apercevait un pied ou une main qui pendait d'un lit. J'ai essayé de ne pas regarder. C'était du déjà-vu pour moi, ça me disait rien de le revoir.

Jezebel s'est arrêtée devant la dernière alcôve avant le mur.

« Elle est là-dedans, elle a dit. Vous voulez entrer ou vous préférez attendre qu'il ait fini ? »

Je me suis rendu compte que le rideau s'agitait avec un bruissement et qu'un lit grinçait de l'autre côté.

« Je vais attendre. » Sur l'espace de quelques minutes, le grincement s'est fait plus sonore et rapide avant de cesser. J'ai tourné la tête. Je ne voulais pas voir qui sortait. Au bout d'un moment, j'ai entendu qu'on tirait le rideau et le bruit de pas qui s'éloignaient.

« Allez-y », m'a ordonné Jezebel. J'aurais frappé si ç'avait été possible mais je me suis contentée d'écarter le rideau et d'entrer.

Nadine Nelson était étendue sur le lit, les yeux rivés sur le mur. Elle n'avait pris la peine ni de s'habiller ni de se déshabiller ; son kimono ouvert en satin jaune orné d'un motif chinois lui couvrait les bras. Les os de ses hanches saillaient et on aurait pu lui compter les côtes. Elle ne portait rien d'autre.

Elle nous a lancé un coup d'œil, puis son regard s'est dérobé avant de s'arrêter sur le rideau crasseux face à elle.

« Elle a quelque chose à mettre ? j'ai demandé à Jezebel.

– Je peux trouver quelque chose. »

Avant qu'elle sorte, je lui ai tendu un billet de vingt. « Elle va avoir besoin de came aussi. » Elle a hoché la tête en s'éloignant.

Nadine m'a dévisagée puis s'est remise à regarder

sa tache préférée sur le rideau. Ses cheveux lâches étaient ternes et tout emmêlés. Ils n'avaient pas été lavés depuis des jours, voire des semaines. Elle avait le visage couvert d'une pellicule graisseuse et parsemé de boutons.

Jezebel est revenue avec une robe d'été blanche miteuse et une paire de mules marron usées. Elle les a jetées sur le lit, sur Nadine.

« Passe ça », je lui ai ordonné. Elle s'est assise lentement, a enlevé le kimono, révélant ses bras couverts de traces de piqûres et de plaies. Lentement, comme si elle portait une charge plus lourde qu'elle, elle a soulevé la robe au-dessus de sa tête avant de mettre ses chaussures. La robe ne lui couvrait pas complètement les bras. J'ai ôté ma veste et doucement, je l'ai aidée à l'enfiler. C'était comme si je soulevais une poupée de son. Elle était amorphe.

Jezebel a pris une poignée de doses de came dans la poche de sa robe. Je ne les ai pas comptées. En les rangeant dans mon sac, je me suis dit que je ne pourrais pas tirer d'elle plus que ce qu'elle voudrait bien me donner. Nadine a suivi la dope des yeux et pour la première fois, son visage a exprimé quelque chose : de l'avidité.

« Allez, on y va », je lui ai dit. Elle s'est levée lentement, elle ne tenait pas bien sur ses jambes. Je lui ai pris le bras pour la soutenir et nous sommes sorties.

On était à mi-chemin de mon appartement quand je me suis rendu compte que Nadine n'avait aucune idée de qui j'étais ni d'où on allait. Alors, je lui ai tout raconté. Quelqu'un m'avait engagée, ce n'était pas ses parents, contrairement à ce que j'avais cru, j'avais été accusée d'un meurtre dont Jim était le véritable auteur, Jim était mort et j'avais récupéré sa voiture.

« Et alors ? » elle a demandé quand j'ai eu fini. C'étaient les premières paroles qu'elle prononçait, d'une voix fluette et juvénile.

« Qu'est-ce que tu veux dire ? » Nous étions dans mon quartier. J'ai repéré une place libre de l'autre côté de la rue. Je me suis garée.

Il s'est mis à pleuvoir, une pluie d'été aux grosses gouttes chaudes.

« Qu'est-ce que je vais devenir, alors ? elle a gémi. Personne n'essayait de me retrouver, au bout du compte. Personne ne t'a engagée pour le faire. Alors, pourquoi tu es venue me chercher ?

– Je n'en sais rien. »

Nous sommes restées assises dans la voiture à regarder la pluie tomber.

« Est-ce que je t'accompagne chez toi ?

– Je suppose que oui. Tu as autre part où aller ? »

Elle a fait non de la tête.

« Qu'est-ce que je vais faire ? » elle a demandé après un silence.

La première chose à faire, c'était de prendre un bain parce qu'elle était vraiment crade. Mais je n'ai rien dit parce que les camés détestent les bains. Et puis je la sevrerais aussi lentement que possible avec la dope achetée à Jezebel. Après ça, il faudrait qu'elle tienne le coup parce que je n'en achèterais pas d'autre. Ma décision était prise : dès que le manque se serait atténué, elle pourrait travailler avec moi ou devenir serveuse ou caissière chez Woolworth ou peut-être trouver un travail dans un endroit bien comme chez Saks ou Bergdorf. Elle était suffisamment jolie. Ou alors elle pourrait partir, retourner chez Jezebel, à l'université, ou faire ce que bon lui semblerait. J'avais fait ma B.A. pour la journée et maintenant c'était à elle de jouer.

Mais je n'ai rien dit de tout ça et je me suis contentée de déclarer : « Je suis allée à Westchester, tu sais. J'ai rencontré tes parents. »

Elle s'est figée. Elle a ouvert la bouche pour parler, mais aucun son n'en est sorti.

« Ouais et tant que j'y étais, j'ai cassé la vitre de ton voisin. »

Je l'ai dévisagée. Son visage s'est détendu et l'espace d'un court instant, elle est redevenue jolie quand ses lèvres ont esquissé un sourire.

« Ah ouais ?

– Ouais. Et si tu t'arranges un peu, on peut y retourner ensemble pour recommencer. »

Elle a presque souri. On est sorties de la voiture pour entrer au Sweedmore. Lavinia a dévisagé Nadine sans rien dire. Elle ne pouvait pas : j'étais sans doute la seule fille de l'immeuble à payer le loyer en temps et en heure tous les vendredis. Malheureusement, mille dollars – plus que sept cents maintenant –, ce n'était pas grand-chose, et j'ignorais combien de temps encore cette somme me permettrait de tenir. On est montées au troisième. Deux filles descendaient l'escalier, des filles qui avaient à peu près l'âge de Nadine, en train de rire et de discuter de l'endroit où elles iraient danser ce soir-là.

« Hé, Joe, m'a saluée l'une des filles. Comment ça… »

Mais en voyant Nadine, elle s'est tue et elles se sont dépêchées de descendre.

Nadine les a regardées comme si c'étaient des extraterrestres.

J'ai déverrouillé la porte de ma chambre et on est entrées. Nadine m'a suivie sans se presser en regardant autour d'elle comme si elle risquait de se faire agresser.

« On y est. Tu peux rester ici jusqu'à ce que tu trouves mieux.

– Merci, elle a répondu. Je… »

Elle n'a pas fini sa phrase.

J'ai ouvert mon placard.

« Tiens, choisis quelque chose à te mettre. Ce sera trop grand mais ça t'ira toujours mieux que cette loque. »

Nadine a cherché pendant un moment avant de choisir une robe bleue. C'était celle que Jim m'avait offerte. Elle m'a lancé un regard interrogateur.

« C'est très bien. Tu peux la garder. Je reviens. »

C'est bizarre, ça me rendait un peu nerveuse de ne pas l'avoir dans mon champ de vision. Comme si elle risquait de s'enfuir pour retourner chez Jezebel. Et pourquoi pas, après tout ? Si c'est ce qu'elle voulait, il n'y avait rien que je puisse faire.

J'ai verrouillé la porte derrière moi et suis descendue dans l'entrée ; j'ai donné cinq cents à Lavinia pour pouvoir me servir du téléphone et appeler Shelley.

« Elle est là.

– Joe, de quoi tu… Oh. *Elle.*

– Ouais, Nadine. Je croyais avoir compris que tu voulais…

– Oui, tu as raison. J'arrive tout de suite. »

31

Nadine venait de passer ma robe bleue et de jeter les vêtements de Jezebel à la poubelle. Elle s'est assise sur le lit en se frottant les bras, comme si elle avait froid. J'ai pris la drogue et la seringue que Jezebel m'avait vendues. J'ai jeté la seringue et une dose sur le lit à côté d'elle.

« Tiens. » J'ai mis un disque sur le phonographe et me suis assise sur l'une des chaises. J'ai regardé par la fenêtre pendant que Nadine faisait ce qu'elle avait à faire. Ça lui a pris assez longtemps. Après, elle est restée assise tranquille. Une dose ne lui faisait pas beaucoup d'effet.

« Où est la salle de bains ? » elle a voulu savoir. Elle s'est levée quand je lui ai dit qu'elle était au bout du couloir. Quand elle est arrivée près de la porte, elle a marqué un temps d'arrêt et m'a regardée. J'ai cru qu'elle allait dire quelque chose mais elle a gardé le silence ; elle a fait demi-tour et a continué.

Pendant qu'elle était dans la salle de bains, quelqu'un a tapé à la porte. C'était Shelley. Elle était encore toute de blanc vêtue, cette fois elle portait une robe d'été.

Elle a souri d'un sourire un peu timide, comme la dernière fois.

« Salut, Joe. Merci de m'avoir appelée.

– Entre. »

Elle est entrée et a inspecté ma chambre. Elle avait l'air vaguement dégoûtée, comme si elle risquait d'attraper des microbes en touchant quelque chose. Comme si elle n'avait pas grandi dans une chambre identique à celle-ci.

« Elle est là ? a demandé Shelley en faisant le tour de la chambre pour regarder mes affaires.

– Ouais, elle va revenir dans une seconde. Assieds-toi. »

Elle s'est approchée du phonographe.

« Qu'est-ce que tu écoutes ? C'est bien.

– Billie Holiday. *He's Funny That Way* je crois.

– Est-ce que je peux le forcer un peu ?

– Bien sûr, vas-y. »

Shelley a mis la musique très fort avant de s'asseoir sur le lit. Je me suis demandé si elle emmènerait Nadine chez elle. Ça m'arrangerait, mais ça me semblait guère probable. Peut-être qu'elle lui prendrait une chambre ici, au Sweedmore, le temps qu'elle se refasse une santé. Qu'elle lui donnerait un peu d'argent jusqu'à ce qu'elle puisse trouver un travail ou qu'elle sache ce qu'elle voulait faire.

« Tu veux du café ? je lui ai proposé.

– Oui. »

Je me suis approchée de la table sur laquelle était

posé le réchaud, dans l'angle de la pièce. J'ai rempli le percolateur avec une carafe d'eau que je gardais en dessous.

« Tu es sûre que c'est la bonne fille ? a voulu savoir Shelley.

– Bien sûr. C'est elle. Pourquoi ça le serait pas ? »

Shelley n'a pas répondu.

J'ai attrapé le café et une cuillère. Mais je me suis figée en plein geste.

La bonne fille ?

Comme s'il y en avait une bonne et une mauvaise.

Shelley ne connaissait même pas Nadine. Qu'est-ce que ça pouvait lui faire que…

J'ai laissé tomber le café sur la table.

Oh, Jim. Si tu savais à quel point je suis navrée.

Quand je me suis retournée, une violente détonation a retenti et je suis tombée contre la table, comme si je venais de recevoir un coup de poing.

Shelley venait de me tirer dessus.

Personne ne se doutait que Jim trempait de nouveau dans la came.

Il y a longtemps, il a fait des photos de moi, tu vois, pour les vendre.

Il a dit que, grâce à lui, j'allais faire des photos…

Parfois, il prend des photos des filles pour les vendre à des magazines.

Jake Russo, agent immobilier… loue des appartements aux quatre coins de Manhattan.

Tu sais, il y a beaucoup d'acteurs au chômage

dans cette ville, Joe. Je connais des gens qui seraient
prêts à tuer pour n'importe quel rôle.

Peut-être que ça n'a rien à voir avec la drogue
après tout. Des tas de gens avaient une bonne rai-
son de tuer Jerry McFall.

J'ai réfléchi. À propos de Shelley. Je ne sais pas
si elle est tellement digne de confiance.

Qu'est-ce que Shelley t'a raconté ?

Que m'avait dit Shelley ?

Tout ce que j'ai vu, c'est la voiture. Une Rocket
88 toute neuve.

J'avais cru qu'une seule personne au monde me
connaissait suffisamment bien pour pouvoir me piéger, mais il y en avait deux. Et j'avais choisi la mauvaise.

Je m'étais trompée sur toute la ligne. Depuis le
début, je m'étais trompée sur tout.

J'étais touchée au côté, à la taille. Ma robe était
déchirée et je saignais. Le sang coulait sur mes vêtements et formait une flaque par terre.

J'avais l'impression de brûler là où la balle
m'avait atteinte.

« Shelley », j'ai bredouillé en me tournant vers
elle. J'avais les jambes en coton, du mal à rester
debout. « Shelley, comment tu as pu… ? »

Shelley s'est levée. Elle tenait un pistolet. Elle le
braquait droit sur mon cœur.

Ma sœur.

Maintenant elle ne ressemblait plus du tout à cette fille qu'on voyait dans les journaux. Elle n'avait rien de sophistiqué. C'était juste la fille que j'avais toujours connue, celle qui réclamait les friandises de l'Automat, celle qui exigeait une robe neuve chaque année, celle qui obtenait systématiquement ce qu'elle voulait.

Et j'avais toujours fait ce qu'elle voulait. Ma sœur.

« McFall avait des photos de toi », j'ai dit. J'avais la bouche sèche et du mal à parler.

« J'avais besoin d'argent, a expliqué Shelley, furieuse à présent. Tu gaspillais tout ton fric en came et j'avais besoin d'argent. C'était il y a dix ans. Le mois dernier, il m'appelle. Il avait gardé ces photos pendant tout ce temps. Il allait foutre en l'air toute ma carrière. Je l'ai payé deux fois mais il en voulait encore. Et cette petite poule BCBG l'accompagnait à notre dernier rendez-vous. Je ne sais pas pourquoi il l'avait amenée. Je suppose qu'il tenait vraiment à elle.

– Oh, Shelley. »

Mes genoux ont lâché et tout d'un coup, je me suis aperçue que la pièce était penchée. Je venais de tomber.

La flaque de sang s'était agrandie.

« Tu aurais dû aller en taule, s'est écriée Shelley. C'est ce que tu étais censée faire. Tu aurais dû endosser le meurtre de McFall et laisser la fille disparaître. Tu aurais dû l'oublier. Je n'aurais pas été obligée d'en arriver là. Elle aurait fini par se suicider tôt ou tard, de toute façon. Je ne me faisais pas de souci pour elle. Mais il a fallu que tu partes à sa recherche et que tu la ramènes ici. Il a fallu que tu joues les héroïnes et que tu sauves cette fille.

– Jim n'a jamais vendu de came.

– Je ne sais pas quel fournisseur McFall a arnaqué et je m'en moque, a repris Shelley en souriant. C'était peut-être Jim après tout. Mais j'en doute. Je n'étais pas du tout mêlée à ça. J'avais juste besoin de retrouver McFall pour me débarrasser de lui. Une fois que tu as commencé à fouiner, Joe, une fois que j'ai vu que tu ne laisserais pas tomber, il fallait bien trouver un coupable. Je savais que Springer en avait après Jim de toute façon. Il en a toujours eu après lui. En tout cas, c'est toi qui n'as pas voulu laisser tomber, Joe. C'est toi qui n'as pas voulu faire ce que tu étais censée faire. Moi, je me suis contentée de t'aiguiller dans la bonne direction.

– Comment tu pouvais être au courant de ce que Springer pensait ?

– J'ai encore quelques amis d'avant, a répondu Shelley avec une espèce de petit sourire narquois. Je ne suis pas idiote, Joe. Je sais avec qui rester amie. Avec qui rester amie et de qui me débarrasser. »

Alors, maintenant, Nadine devait disparaître elle aussi parce qu'elle était au courant pour les photos de Shelley que McFall avait en sa possession. Parce que j'avais essayé de la sauver.

Et moi aussi je devais disparaître. Parce que je m'étais entêtée à sauver Nadine. Parce que je savais tout.

Mais tout ça, c'était juste des excuses. C'était juste un moyen pour elle de se servir de moi avant de m'éliminer pour de bon. La véritable raison, je la connaissais, on la connaissait toutes les deux.

Je devais disparaître parce qu'elle savait pertinemment comment je m'étais arrangée pour payer toutes ces leçons de danse qu'elle avait prises, tous ces dîners qu'elle avait avalés, toutes ces robes neuves qu'elle avait portées. Parce qu'à cause de sa sœur qui portait des robes courtes et sentait le parfum bon marché, elle n'avait jamais pu inviter d'ami à la maison. Parce qu'à chaque fois qu'un des petits amis de notre mère se permettait des familiarités avec elle, j'aurais dû la protéger. Parce qu'au lieu de laisser le vieux du magasin de bonbons la tripoter en échange d'un soda, j'aurais dû le lui payer. Parce que j'avais beau passer des heures dans la rue, on vivait tout de même dans une pension crasseuse. Parce que quand je n'ai plus été capable de supporter tout ça et que je me suis mise à sniffer de la coke pour m'abrutir, je n'ai fait que multiplier les raisons d'avoir honte. Parce que même si on ne peut pas payer de leçons de danse avec un salaire de chez Woolworth, j'aurais tout de même dû trouver un meilleur moyen d'y arriver. Parce qu'après être devenue accro à la dope, je m'étais mise à dépenser du fric en came au lieu de le dépenser pour elle. Parce qu'elle avait dû changer de nom pour éviter qu'on découvre notre parenté.

Parce que je représentais le milieu dont elle était issue, tout ce qu'elle avait toujours refusé d'être.

«Bon Dieu, Shelley.»

Elle s'est approchée de moi. «Je ne t'aurais pas embêtée une fois que tu aurais été au trou, Joe. Tu sais, quand Jake a fait le changement de nom pour moi, il m'a fait établir un nouveau certificat de naissance et tout. Pour que personne ne puisse découvrir que tu étais ma sœur. Mais je suppose que c'est mieux comme ça. Tu aurais trouvé le moyen de tout gâcher, tôt ou tard. »

Elle s'est accroupie de sorte à rapprocher son visage du mien. Je n'avais jamais compris à quel point elle me détestait jusqu'à ce que je lise la haine sur son visage à ce moment-là. « Tu sais, Joe, t'as fait que dalle pour moi. T'as jamais rien fait d'autre durant toute ma chienne de vie que de me causer des problèmes. Tu te rends compte de l'effet que ça fait quand on est gosse que tout le monde sache que ta sœur est une pute ? Non, bien sûr que non. Maintenant, pour une fois, tu vas être utile. Tu vas disparaître et j'aurais jamais plus à m'inquiéter que tu me gâches la vie encore une fois. Tu vas plus jamais me laisser tomber. »

Elle avait raison. Je ne la laisserais plus jamais tomber.

Ça me brûlait là où j'avais été touchée.

« Quand ils… » Je me suis remise à tousser. J'ai craché du sang par terre.

« Quand ils vont vous trouver, toi et Nadine ? J'imagine qu'ils vont se dire qu'ils s'étaient trompés à propos de Jim, après tout. J'imagine qu'ils vont se dire que leur première idée était la bonne, que McFall et toi vous étiez mêlés à une affaire de dope. Ou peut-être qu'ils penseront que c'était Jim et qu'il avait un complice. Honnêtement, Joe, je me fiche de ce qu'on pensera. En tout cas, on ne pensera pas que c'est moi. Personne ne m'a vue monter ici. On a envoyé cette vieille bique de la réception chez sa sœur dans le Queens. Il lui est arrivé quelque chose, tu comprends. Et puis tu sais, je crois que ça ne va pas empêcher grand monde de dormir. Je ne m'attendrais pas à faire les gros titres. Deux putes camées qui disparaissent de la circulation, c'est pas très excitant.

– Oh, Jim, si tu savais à quel point je suis désolée.

– Quoi ? si tu veux dire quelque chose, Joe, il faut parler à haute voix. Je t'entends pas. Parlez maintenant ou taisez-vous à jamais, comme on dit. Parce que c'est fini pour toi, Joe. Fini », elle a susurré.

Elle m'a poussée du bout du pistolet et l'espace d'une seconde, j'ai cru voir quelque chose sur son visage, ça ressemblait à du regret. Mais c'était peut-être mon imagination.

Je saignais beaucoup. J'avais cru qu'elle me tirerait dessus une deuxième fois mais maintenant je voyais bien que ça ne changerait rien qu'elle le fasse ou pas.

Elle n'en avait pas besoin. Je saignais beaucoup.

« Hé, ma belle. Tout va bien ici ? » a dit un inconnu.

J'avais les yeux fermés. Je me suis forcée à les ouvrir et j'ai vu un homme en costume à fines rayures coiffé d'un feutre gris. Je le connaissais. Il attendait devant chez Paul quand j'y étais entrée. Je l'avais vu chez Katz. À Bryant Park. Dans le restaurant où j'avais croisé Shelley. Il l'avait retrouvée à sa table.

« Ouais, a dit Shelley en se levant. J'attends juste que l'autre revienne ; elle est partie se repoudrer le nez.

– Hé, je parie que vous conduisez une Chevrolet noire », je l'ai interpellé.

Le type a regardé Shelley. Il était joli garçon mais n'avait pas l'air gentil. Il avait le visage marqué et un regard dur comme la pierre. J'aurais aimé que Shelley choisisse un gars plus gentil.

« Elle a parlé ?

– Je sais pas. »

Shelley a haussé les épaules et s'est mise à fouiller la pièce. Elle a ouvert la penderie et regardé mes robes. « Regarde-moi ces frusques, elle s'est écriée. Tu as toujours été qu'une cloche, tu sais, Joe ? Une pauvre cloche. »

J'étais sur le point de dire quelque chose quand j'ai oublié ce que c'était.

Le disque continuait à tourner. Mes yeux se sont fermés. Maintenant, j'avais l'impression que les choses n'auraient jamais pu se passer autrement. Comme si c'était censé se passer comme ça. C'était comme ça que ça devait finir. C'est là que toutes ces déceptions nous avaient menées.

J'ai entendu Nadine remonter le couloir. *Ne fais pas ça*, j'ai dit. *Arrête.*

« Pourquoi ? » C'était Monte. Il sniffait une ligne de coke sur la table basse de notre premier appartement.

J'adorais cette table. J'adorais notre appartement et tout ce qu'il contenait. C'était le nôtre. J'avais enfin quitté celui de ma mère pour emménager chez moi. Dès que l'on serait installés, j'allais pouvoir prendre Shelley avec nous, on allait former une vraie famille. Monte a dit que tout allait être différent à partir de maintenant : il allait s'occuper de moi, de Shelley et moi, et je n'aurais jamais plus à m'inquiéter de gagner de l'argent. Je ne serais jamais plus obligée de laisser quelqu'un me toucher. Il allait trouver un boulot dans cette usine de Brooklyn où son cousin travaillait et il allait prendre en charge les cours de théâtre de Shelley, il allait lui donner de l'argent chaque semaine comme je le faisais. On avait toujours pu compter que sur nous-mêmes, Shelley et moi. On ne pouvait pas compter sur notre mère. Je me faisais tant de souci pour elle, au point de souffrir parfois. Parfois, je n'en dormais pas de la nuit. J'aimais Monte mais au fond, si je l'avais épousé, c'était pour pouvoir m'occuper de Shelley.

« C'est pas bon pour toi », je l'ai prévenu. J'avais dix-sept ans. Je savais qu'on pouvait devenir accro, sans vraiment savoir comment.

Il s'est adossé contre le canapé en fermant les yeux. Il avait l'air tellement heureux.

« Non, ce n'est pas si mauvais, il a murmuré.

– Bon, alors je vais essayer. »

Monte avait trois ans de plus que moi. Il m'a dit qu'à condition de ne pas sniffer tous les jours, ça irait. Rien de bien méchant ne pouvait vous arriver.

Je me suis penchée et j'ai sniffé la poudre. Ça avait un goût horrible. J'ai cru que j'allais être malade. Je me suis redressée pour me pelotonner contre Monte.

« Ça n'a aucun effet », j'ai remarqué. Je ne voyais pas comment on pouvait devenir accro à ce truc. Ça avait un goût affreux et ça n'avait aucun effet. À part que je commençais à avoir légèrement sommeil. Et que je me demandais si je n'allais pas être malade. Monte a passé son bras autour de mes épaules pour m'attirer contre lui. Le contact de sa main sur mon épaule était tellement agréable.

« Attends, il a dit. Attends un peu. Ça va venir. »

REMERCIEMENTS

Mille mercis à Dan Conaway et Simon Lipskar, à Clara Farmer et tous les collaborateurs de chez Atlantic Books, ainsi qu'à Jody Hotchkiss et Danae DiNicola.

Découvrez
le nouveau roman
de **Sara Gran**
chez Sonatine Éditions

« Intime. Effrayant. Magnifique. »
Bret Easton Ellis

Ouvrage publié sous la direction éditoriale
d'Arnaud Hofmarcher et de Marie Misandeau

TITRE ORIGINAL : *Come Closer*
© Sara Gran, 2003
ÉDITEUR ORIGINAL : Atlantic Books
© Sonatine, 2009, pour la traduction française
Sonatine éditions 21, rue Weber 75116 Paris
www.sonatine-editions.fr

Pour Warren et Suzanne Gran.
Merci pour tout.

En janvier, j'étais censée remettre une proposition à Leon Fields, mon patron, concernant un nouveau chantier. Nous rénovions une boutique de vêtements dans un centre commercial à ciel ouvert, en banlieue. Rien d'extraordinaire. J'ai bouclé mon projet un vendredi matin et l'ai déposé sur son bureau accompagné d'un petit mot enjoué – « Dites-moi ce que vous en pensez ! » – pendant qu'il était en rendez-vous avec un nouveau client dans la salle de réunion.

Plus tard dans la matinée, Leon a ouvert la porte de son bureau d'un coup sec.

« Amanda ! Venez voir », a-t-il hurlé.

Je me suis précipitée. Il a ramassé une liasse de papiers en me dévisageant, son visage adipeux blême de colère.

« C'est quoi, ça ?

– Je n'en sais rien. » Ça ressemblait à mon projet – même en-tête, même format. Mes mains tremblaient. Je n'arrivais pas à imaginer ce qui pouvait clocher. Leon m'a tendu les papiers et j'ai lu la première phrase : « Leon Fields est un suceur de bites. »

« Qu'est-ce que c'est que ça ? lui ai-je demandé.

– À vous de me le dire, a-t-il répondu, le regard rivé sur moi. Vous venez de le déposer sur mon bureau. »

J'avais le tournis. « Qu'est-ce que vous racontez ? J'ai déposé le projet sur votre bureau, pas ce torchon, le projet pour le nouveau chantier. » J'ai passé en revue les papiers posés devant lui à la recherche de mon projet. « C'est une blague ou quoi ?

– Amanda, trois personnes ont affirmé vous avoir vue vous approcher de l'imprimante, imprimer ce document et le déposer sur mon bureau. »

J'avais l'impression d'être en plein cauchemar. Il n'y avait plus ni logique ni raison. « Attendez », lui ai-je dit. J'ai couru jusqu'à mon ordinateur, imprimé mon projet, en ai vérifié le contenu et le lui ai ramené. Un peu calmé, il était installé dans son gros fauteuil en cuir.

Je le lui ai tendu. « Voilà. Voilà exactement ce que j'ai déposé sur votre bureau ce matin. »

Il a jeté un coup d'œil au document avant de me regarder. « Alors d'où est-ce que ça sort, ça ? a-t-il demandé en brandissant le faux projet.

– Comment voulez-vous que je le sache ? Faites voir. » J'ai lu la seconde phrase : « Leon Fields mange de la merde et aime ça. »

« C'est immonde ! Je ne sais pas. Quelqu'un vous fait une blague, je suppose. Quelqu'un doit trouver ça drôle.

– C'est peut-être à vous que l'on fait une blague, a-t-il dit. Quelqu'un a remplacé votre projet par cette chose. Je suis navré, j'ai cru… » a-t-il bredouillé en lançant un coup d'œil gêné alentour. Leon Fields m'employait depuis trois ans et c'était bien la première fois que je l'entendais s'excuser.

« Pas de souci. Qu'est-ce que vous avez vu ? »
Nous avons échangé un regard.
« Je vais lire votre projet. Je vous donne mon avis très vite. »

Je suis sortie et je suis retournée à mon bureau. Je n'étais pas l'auteur du faux projet, mais j'aurais bien aimé savoir à qui on le devait. Car c'était vrai : Leon Fields était un suceur de bites qui mangeait de la merde, et j'avais toujours pensé qu'il aimait beaucoup ça.

Ce soir-là, j'étais en train de raconter à Ed, mon mari, le mystérieux incident du bureau lorsque nous avons entendu le bruit pour la première fois. Nous étions à table en train de finir nos plats préparés vietnamiens.

Toc, toc.

Nous nous sommes regardés.

« Tu as entendu ça ?

– Je crois, oui. »

De nouveau : toc, toc. Les coups venaient par deux ou par quatre, jamais de façon isolée – toc, toc –, et le bruit se prolongeait, un peu comme s'il était suivi d'un grattement, semblable au bruit que font des griffes sur un parquet.

Ed s'est levé le premier, et je l'ai suivi. D'abord, il nous a semblé que le bruit provenait de la cuisine. Alors nous sommes allés vérifier dans la cuisine, nous avons regardé sous le réfrigérateur et sous la gazinière, il nous a alors semblé que le bruit provenait de la salle de bains. Après avoir vérifié sous le lavabo et derrière le rideau de douche, nous avons conclu que le bruit provenait de la chambre. Nous avons vérifié dans la chambre, le salon, avant de revenir à la cuisine. Après avoir fait le tour de l'appartement, nous avons laissé tomber. C'étaient certainement les canalisations, un problème d'écoulement de l'eau ou de chauffage. Ou peut-être une souris qui faisait le tour de l'appartement à l'intérieur des cloisons. L'idée dégoûtait Ed, mais, moi, je trouvais ça plutôt mignon, une petite souris avec suffisamment de cran pour grimper quatre étages et subsister grâce à nos quelques miettes. Nous avons tous deux oublié l'histoire que j'étais en train de raconter, et je n'ai jamais parlé à Ed de la blague que quelqu'un avait faite, au bureau.

*

Il y a eu du bruit tout le reste de l'hiver. Pas en permanence, mais pendant quelques minutes toutes les deux ou trois nuits. Et puis à la fin du mois, j'ai assisté à une conférence sur la côte ouest pendant deux jours et Ed n'a rien entendu en mon absence. Quelques semaines plus tard, Ed s'est rendu dans le nord pendant trois jours pour assister au mariage d'un cousin éloigné, il y a eu du bruit toute la nuit, chaque nuit où il n'était pas là. J'ai de nouveau fouillé l'appartement de fond en comble pour découvrir d'où venait le bruit. J'ai examiné les tuyaux, vérifié que les robinets ne fuyaient pas, éteint le chauffage avant de le rallumer, mais le bruit persistait malgré tout. J'ai nettoyé les sols, ramassé la moindre miette dont un rongeur aurait pu se nourrir et même acheté un lot de ces pièges à ressorts très déplaisants, mais le bruit ne s'est pas tu pour autant. J'ai mis la télévision à fond, allumé le lave-vaisselle, passé des heures au téléphone avec de vieux amis très bruyants, mais rien n'y a fait.

Toc, toc.

Je commençais à trouver cette souris de moins en moins charmante.

RÉALISATION : IGS-CP À L'ISLE-D'ESPAGNAC
IMPRESSION : CPI BRODARD ET TAUPIN À LA FLÈCHE
DÉPÔT LÉGAL : MARS 2010. N° 97936 (56382)
Imprimé en France